关注孩子内心的柔软
讲述生命与爱的时代经典

金芦苇
国际大奖书系

写给世界上最好的外公

[奥] 克里斯蒂娜·涅斯特林格 著

崔培玲 译

浙江文艺出版社
Zhejiang Literature & Art Publishing House

First published in German under the title
„Emm an Ops"
Text by Christine Nöstlinger
illustrations by Erhard Dietl
© Verlag Friedrich Oetinger, Hamburg 1998
Published by agreement with Verlag Friedrich Oetinger, Hamburg, Germany.
Chinese language edition arranged through HERCULES Business & Culture
GmbH, Germany.
本书简体中文版权为浙江文艺出版社独有。
版权合同登记号：图字：11-2024-128号

图书在版编目（CIP）数据

写给世界上最好的外公 /（奥）克里斯蒂娜·涅斯特
林格著；崔培玲译. —杭州：浙江文艺出版社，2024.4
（2025.4重印）

ISBN 978-7-5339-7552-4

Ⅰ.①写… Ⅱ.①克… ②崔… Ⅲ.①儿童小说—
中篇小说—奥地利—现代 Ⅳ.①I521.84

中国国家版本馆CIP数据核字（2024）第059364号

责任编辑	何晓博	**封面插画**	李亲亲
责任校对	唐 娇	**装帧设计**	吕翡翠
责任印制	吴春娟	**营销编辑**	宋佳音

写给世界上最好的外公

[奥] 克里斯蒂娜·涅斯特林格 著　　崔培玲 译

出版发行	浙江文艺出版社
地　　址	杭州市环城北路177号
邮　　编	310003
电　　话	0571-85176953（总编办）
	0571-85152727（市场部）
制　　版	杭州天一图文制作有限公司
印　　刷	杭州丰源印刷有限公司
开　　本	880毫米×1230毫米　1/32
字　　数	80千字
印　　张	6
插　　页	2
版　　次	2024年4月第1版
印　　次	2025年4月第5次印刷
书　　号	ISBN 978-7-5339-7552-4
定　　价	32.00元

8月24日　星期一

亲爱的外公：

　　本来我想给你打电话的，但是一直没打成。主要原因是下个星期才有人过来装ISDN宽带，我也不知道这到底是什么。爸爸的手机也不让我用，他说要等装修工人的重要电话，要跟他们理论理论，还说工人们活干得很粗糙。我想去街边的电话亭给你打，但是不知道谁把听筒扯下来了，电话线都露出了毛边，别的电话亭我又没找到。

　　所以我现在正趴在地上给你写信，我们的新家具还没送来，运旧家具的卡车因为找不到地址，还在周围打转转。爸爸给对方画的路线图肯定帮不上忙，因为爸爸总是

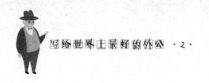

记不住这里的单行道，这里到处都是单行道。今天上午就是这样，爸爸从高速公路上下来，要抄近道回家，但总是开错路。他叫个不停："天哪，又走错了，真是要我！"但是你知道他的，他"从来不忘事，从来不搞错"。爸爸狡猾地说："怎么单行道最近都改了方向？"到家后妈妈又对他一通嘲笑，这让他更郁闷了。这会儿爸爸正站在家门口，滑稽地挥着手，让所有要停靠的车离开，这样送家具的卡车到了之后，就有地方停车了。

刚才，爸爸跟一个司机大吵了一架。司机嚷嚷说，别人搬家跟他没半毛钱关系，而且不能因为搬家就霸占停车位，但爸爸像安徒生童话里的锡兵一样屹立不动："如果你非要停在这儿，就从我身上开过去吧！"司机骂起来："老东西，真是驴脑子！"爸爸马上怼了回去："'老东西'是您，不是我，您才是'高寿驴'！"

然后那个司机从车里下来，他比爸爸高一头，而且至少有两个爸爸那么壮。司机叫嚣着："你说谁是驴？"一边说，一边走近爸爸。但爸爸毫无畏惧，抬头挺胸地瞪着那个家伙。司机把爸爸从上到下又从下到上打量了一番，忽然咧嘴笑着说："好汉不欺负笨蛋。"然后就钻进车里，一溜烟开走了。妈妈说要给爸爸织一个护腰，上面写上"勇敢的小裁缝"①。

管这栋楼的老太太也在门口，虽然街上很吵，但因为开着窗，她的大嗓门我在楼上听得清清楚楚。管理员跟爸爸说，如果搬家需要停车位，得去市政府申请。她居高临下的口气像是在给乡下人解释如何在城里生活。爸爸还真配得上这通教训，毕竟平常都是他在教训别人！

据说我们楼下住着一个跟我差不多大的女孩。妈妈让我下去自我介绍一下，但我觉得没必要，过几天肯定会在楼梯上或走廊里碰见她，到时候可以自然而然地打招呼。

---

① 《勇敢的小裁缝》是格林童话里的一个故事。故事中，勇敢的小裁缝依靠聪明才智战胜了巨人，娶到了公主，还做了国王。

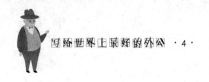

这儿没有多少孩子，反正马路上没有，只看见了大人。隔几条街有个公园，是那天我去找电话亭时发现的，那里也只有大人，几个老头儿在用巨大的棋子下棋，棋盘是水泥做的，每个方格有一平方米那么大。我的好朋友阿莱克斯也不在，他去意大利西西里岛了，一个星期以后才能回来，然后就要开学了。

外公，自从那天一早离开你们后，我就一肚子苦水。路上我一直想象着可能发生的场景，比如我们到了之后，管理员说房东不租给我们了，然后妈妈说临时也找不到别的住处，而爸爸原来中学的岗位还没招人，他还能回去上班，然后我们就风驰电掣地返回，去找你和玛塔，还有"弗朗兹先生"和"费妮尔女士"。虽然我知道我是在做白日梦，但是当我们到了新家，管理员开门出来，有点讨好地说"欢迎你们"时，我还是感到失望透顶。

刚才送家具的大卡车来了，我先写到这儿，因为得去帮忙卸东西，不然爸爸又要像搬家装车时那样，说我"没有合作精神"了。外公，早点回信哦，然后替我挠弗朗兹的痒痒，给费妮尔一个拥抱，当然还要问候玛塔。

你的艾么

另：刚想起来，我其实有些说不出的情绪。就像电视机里正放着一部好看的电影，然后突然关了，你很难过，因为不知道电影后来怎么样了，里面的人们到底经历了什么。不过如果只是电影，至少还可以去问问看完的人们。但是现在没有人能告诉我，如果我还在你身边，之后会有怎样的经历，后面会发生什么。

又：刚才妈妈说，我帮忙卸车纯属碍事，所以我现在就把信装进信封里，然后去找个邮筒寄了，这样你说不定明天上午就能收到我的信。这里再粘上给你的七个吻……如果你想把它拿下来，注意这些"吻"不是一字排开的，而是叠在一起，就在有三条虚线的地方。

8 月 25 日　　星期二

亲爱的艾么：

　　你的信果然今天上午就到了，我再也不抱怨我们的邮局是"睡觉大王"了。为了马上给你回信，我今天省了午休，下午说不定要在诊所里当着病人的面直打哈欠。

　　我已经向玛塔转达了你的问候，她也让我问候你，并转达说她已经非常非常想念你了。"弗朗兹先生"我也替你挠了它的脖子，刚好发现有两个小虫子，立刻帮它捉了出来。"费妮尔女士"我当然没有亲，因为我通常只亲人，不亲动物，而且我猜小猫也不一定喜欢我亲它。不过费妮尔并没有被冷落，我把中午吃剩的鱼分给了它一点，并且告诉它多亏艾么它才有鱼吃。

那些"吻"我只撕下来六个，不是七个，要么你数错了，要么我弄丢了一个。但愿不是我的错，不然明天玛塔打扫卫生时，就会把你的一个"吻"弄到吸尘器里去了。

宝贝，希望你现在不再只是想号啕大哭了。不过如果你还是觉得很难过，试着不要把搬家这件事看得太可怕，出现这种情绪只是暂时的。你可以去问问你妈妈，她像你这么大时，也是被我们硬拖到了乡下。她那时跟你一样，一点都不想搬家，甚至还威胁我和你外婆说，如果我们不继续留在城里，她就绝食抗议，但是后来我们还是强行把她拖到了乡下。你妈妈一开始那两天还真的只喝水，不吃东西。不过我们并没有怎么担心她，因为一早就知道，像她那样一个爱吃的人是坚持不了几天的。

一年以后，当我又得到一个城里的主治医生的职位时，你妈妈甚至禁止我去城里工作，她说"永远永远永远不会"离开乡下的家！另外，你说的那个比喻，好像永远

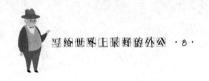

不可能知道电影后来的结局，这个说法其实不完全正确。
你还有暑假、复活节春假和圣诞节假期，另外还有长周末
和其他不上课的时候，我算了算，一年有三分之一的时间
你可以回来，一共才不到两个小时的车程。如果你父母没
有时间，我随时都可以去接你并送你回去。你的电影仍在
继续，如果你愿意的话，情节还会变得更加精彩，因为你
不但没有失去科姆巴赫，甚至还得到了维也纳。

　　另外，我的宝贝，你其实也经常抱怨科姆巴赫的偏
僻，并不是没有道理：这里没有电影院，没有冰激凌店，
每天上学放学路上要两个小时，还没有服装店，只有一个
完全不懂时尚的发廊，而且也没有游泳池、乐器行，甚至
连一家蛋糕店都没有。你至少每星期抱怨一次，说科姆巴
赫实在太偏僻落后了。现在，如果你的好朋友阿莱克斯已
从西西里岛度假回来，你就每天都可以见到他了，而不是
只有周末或者假期才行。

　　说到朋友，我顺便告诉你，自从你搬走后，你的三个

好朋友就接连发生了意外。米西和友友，那两个壮得像牛犊的孩子，昨天在足球场边的草坪上发现了一个马蜂窝，然后他俩不知道怎么突发奇想，对着马蜂窝撒了一泡尿！这可惹怒了那些马蜂。米西被咬了十个包，额头上、脸蛋上、鼻子上都是，虽然不好看，但还不算太严重。友友虽然只被叮了三下，但是两处都叮在小鸡鸡上，现在已经全部肿起来了，肯定痛得要命。我今天晚上会再过去一下，看看我给他做的外敷有没有起作用。

唉，还有丹妮拉那个小姑娘，她今天上午在瓦格纳家的小卖部拿了货架上的钩针，然后顺手装进了裤兜。结果没过十分钟，半个村子都知道了。今天好多病人一进诊所就跟我念叨这件事，还说"我们这儿也像大城市一样有小偷了""现在的孩子真是越来越不像话"。

韦伯老太太一边量血压，一边唠叨说她早就看出来了，丹妮拉那个小姑娘有点走歪路子，原因是"她从来不问候我"。不过我们小时候，当韦伯老太太还是小姑娘时，

她也从来不问候别人，而且每年夏天我们去镇长家的花园偷苹果时，她总是偷得最多。我毫不客气地跟她抖搂这些事时，一向爱撒谎的韦伯老太太一脸无辜的样子："大夫，您要是这么看，那就有点问题了。"

玛塔吃午饭时对我说，她上午去邮局时看见韦伯老太太了，她正跟工作人员聊天，说"怪不得现在的小孩儿都开始偷东西，连我们的老大夫都不觉得有什么，甚至还帮他们撑腰"。哼，如果那个"老巫婆"下次再来诊所，我一定要给她开瓶蓖麻油，而不是她要的镇静剂。

其他就没有什么要写的了，我的宝贝，抱抱你、亲亲你。

你的老外公

另：你跟住你们楼下的女孩打过招呼了吗?

8 月 26 日　星期三

亲爱的外公：

　　别提住我们楼下的那个"小妖精"了！前天晚上我下楼到院子里扔绵纸，就是搬家时包瓷器用的那种纸，然后看见她站在"普通垃圾箱"边上，正从一个废纸篓里往外倒纸片和本子，可是收废纸的垃圾桶明明就在旁边。但我不想第一天就跟她起冲突，所以什么也没说。

　　"小妖精"眯着眼睛上下打量了我一会儿。虽然她一副傲慢的样子，但我还是热情地跟她说了"你好"。她瞟了一眼我们家厨房和浴室的窗户，然后问："你就是楼上那家的?"

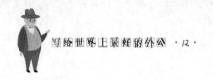

我礼貌地点了点头，虽然"就是楼上那家"听起来很不客气。

接着，"小妖精"又用警察审问犯人的口气问："你叫什么名字？"

尽管我受不了她那个口气，但还是乖乖地说了"艾么"。但是她突然用食指点着额头叫道："'艾目（m）'是个字母，不是名字！"

我只好重新报了我名字的标准说法"艾玛"。"小妖精"顿时嘎嘎地笑起来："那些海鸥的样子，仿佛都叫艾玛。"

我实在受够了，随口怼了一句："再这么说话就扇你一巴掌，跟那些海鸥一起飞走吧！"

"小妖精"有些委屈："你可能是真的笨，这是诗人凌楠的句子。"我咬牙切齿地回道："信不信我马上就可以把你'拎'起来，让你变成很'难'看的样子！"

她吸了吸自己的歪鼻子，然后拎着纸篓走了，进楼道时又回头说了一句:"真没教养!"

妈妈后来跟我解释说,真有个诗人写了她说的关于海鸥的句子,但不是凌楠,是摩根斯坦,不过首先我不需要知道这些,其次她这么说话确实太差劲了。

昨天因为那个"小妖精",我又听了爸爸一番长篇大论。他挨家挨户地去做自我介绍时,"小妖精"的妈妈跟我爸爸告状,说我第一天就用武力威胁她女儿,这样做很不好。然后爸爸老调重弹地嘱咐我:"做老师的女儿一定要注意自己的行为,否则,我这个可怜的爸爸就是个教育方面的失败者,简直就是给这个职业丢脸。"

外公,我们楼下的这个家伙在这里绝非罕见物种。昨天我沿着门口的马路往城外方向走,经过那个下棋的小公园,然后看见一个有栅栏的大公园,里面有一个球场。昨天我去那儿了,但下不为例,以后我再也不去了。当时有五个男孩在那儿踢球,我靠在离球门不远的栅栏上,等着有人叫我进去一起踢。后来球越过栅栏飞到外面,正好落在我旁边。我拿起球，走进球场递给里面的男生。一个黄头发满脸晒斑的男孩接过球，只说了句"谢谢"。我本来想问他能不能跟他们一起踢，但他拿了球直接跑回去了，看都没看我一眼。后来，另外一个男生甚至对我说："宝贝，你挡路了，快走开！"

然后还有那只"老狗"阿莱克斯。今天他妈妈说，阿莱克斯周六回来只待一天，因为他妈妈又要结婚了。虽然新爸爸对阿莱克斯不错，但是他很不喜欢这个新爸爸，坚持要跟自己的爸爸试着一起住。这简直太荒谬了！我刚搬到维也纳，他却要搬回科姆巴赫！而且外公你知道的，我根本就不同意搬家。妈妈在搬家前的那个周末别有用心地找我谈话，问我在科姆巴赫是不是过得很沮丧，比如丹妮拉说我是"全村最笨的人"，友友反对我加入足球队（不知道他的小鸡鸡消肿了没有），还有可恶的英语老师威胁我要给我不及格，等等。我当时不假思索地认为，科姆巴赫的老师和孩子都坏透了，我唯一的好朋友在维也纳，而且那边的老师也肯定更公正，搬到维也纳一定是最佳选择！

　　但是现在，我早就跟丹妮拉和好了（希望她没有因为偷钩针的事挨她爸的耳光）。足球队那边，后来米西反对其他人的决定，所以还是让我入队了。英语老师也给了我一个好一点的成绩"中"，这样我也早就跟她和好了。妈妈问我的时候，我只是一时糊涂。谁都有糊涂的时候。你以前也说过，糊涂不是问题，"不承认自己糊涂"才是问题。

　　我真不想待在这儿了，外公，快点接我回家吧！你不能因为我四十八小时的糊涂就惩罚我受一年的苦吧。

　　　　　　　　　　　　　　　　　　你的艾么

　　另：爸爸一整天都待在学校里，说要熟悉当副校长的工作。妈妈要么搬家具，要么去找她的怪朋友，说她们俩要一起开一个按摩店。外公，我从来没有像现在这么孤单过……

8月28日　星期五

我最亲爱的艾么：

　　昨天我没来得及给你回信，因为一直到晚上十点我都在挨家挨户出诊。好像整个村子都生病了，不住地有人胃痉挛或者拉肚子，搞得我这个老大夫马不停蹄、极度紧张。晚上我精疲力尽地回到家时，浑身像散了架似的。要给你回一封这么重要又难写的信，我需要一段安安静静的时光，所以，今天上午我索性提早关门一个小时，现在开始动手给你写信。

　　亲爱的小宝贝，我非常理解你"想回家"的心情，因为你害怕新的生活和即将到来的挑战，再加上最近发生的事情又那么不让人乐观。可这真的不是我要"惩罚"你！作为我孙辈中最聪明的孩子，你一定明白外公其实根本没权力决定你住在哪儿、跟谁一起生活，而且你也一定明白，就算那个倒霉的周末你不同意搬家，你父母还是会带你搬走的。当然，你当时表示同意，他们肯定很开心。不过哪怕你像你妈妈当年那样抗议，其实也无济于事，我们还是"强行"把她带到了科姆巴赫。而且我要向你承认，搬到科姆巴赫一年后，如果我真的想要维也纳的那个主治医生的位置，如果我对科姆巴赫的生活很不满意，我还是会逼着你妈妈再次跟着我们搬家的。可能你觉得这种做法很不公平、很差劲，但这就是大人的生活。

你的父母想跟你一起生活，我根本不可能说服他们把你留在我这儿。你爸爸那儿我压根儿没办法，你也知道，一起吃午饭时，他经常抱怨教师职业的辛苦，我每次都想劝他，不要整天对这些枯燥的话题长篇大论，可根本不起作用。要是把你留在我这儿，你妈妈也会说我是老糊涂，

溺爱晚辈，满足外孙女的一切愿望。另外，她还会提醒我，说我根本没时间照顾你，其实也不无道理。艾么，光是你上学放学我就搞不定。以往你都是跟着爸爸的车早上去，中午回来。如果爸爸不在，你怎么每天从科姆巴赫赶到维特尔的学校？坐校车吗？每天早上六点出发，下午五点回来？这太辛苦了。如果我开车接送你，那诊所的一摊事和去病人家里的探访我根本顾不过来。我得等退休了才真正有时间照顾你。可是对不起，我的小宝贝，我还想再工作几年。找个司机接送你？我没那么多钱啊。

你外婆是个很有智慧的人，她以前常说："生活中再坏的事情都有好的一面。"

理智点，想办法找到新生活好的一面。虽然眼下看起来很糟，但是再耐心等一等，一定会有好事情发生的。

我知道这些听起来很像说教，你可能会不满意，但是请不要生我的气，不要怪我。

你的老外公

　　另：关于跟"小妖精"的冲突和"艾玛"这个名字，我还想告诉你一件事。如果你外婆在你出生时还活着，她一定不会同意你爸妈给你起"艾玛"这个名字。你的外婆也叫"艾玛"，但她小时候很不喜欢这个名字，觉得听起来像旧时代用人的名字。出生证上这个名字的完整写法是"艾玛莉亚"，所以你外婆让人叫她"一莉亚"。我第一次在舞蹈学校认识你外婆时，不但被她闪亮的蓝眼睛、可爱的鼻子还有美丽的双腿吸引，更对她那个神秘的名字十分好奇。

　　当然，这不是给你的"说明书"，不是要告诉你怎么对待这个名字，我只是忽然想起来这件事。

　　又：我差点忘了回答你的问题。友友的肿块快好了，而且我知道他和米西为什么要对着马蜂窝撒尿了。赛珀尔跟他们打赌，说他们是胆小鬼，不敢捅马蜂窝。然后这两个小家伙就想证明自己不是懦夫，而是勇士……

　　丹妮拉回家也没挨打。她妈妈那天来我的诊所时，问

了我一个问题，说丹妮拉根本不喜欢针线活，尤其视钩针为瘟疫，怎么会想到去偷钩针呢？我不是心理医生，没办法给她专业的答案。但我猜说不定丹妮拉是为了证明自己勇敢，比如可能有谁说了她不敢去偷东西什么的。或者因为她不喜欢针线活，所以才想把所有的钩针弄坏？不过你如果给丹妮拉写信，别说我告诉了你钩针的事情，不然她会很尴尬的。

现在我得结束这封信了，玛塔已经第三次敲门，说我的午饭都凉了。你知道的，要是得罪了她，我可没好日子过。

非常非常爱你的老外公

8 月 31 日　星期一

亲爱的外公：

　　我没有生你的气，也会永远爱你。但是你的信里顶多只有一点是对的，就是即便我当时坚决反对我父母的想法，他们也会搬家的。为了证明你说的其他的都不对，我现在一条一条地进行反驳：

　　一、作为外公，你的确不能决定外孙女住在哪儿。我也承认我的父母不好说服。但是我那天听见了，你承诺给妈妈一大笔钱让她开按摩店。你为什么不跟她谈条件，让她只有同意我留在你身边，才可以拿到那笔钱？

　　二、你不顾你女儿的想法，强迫她搬到乡下，这不构

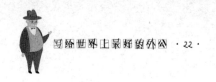

成我今天必须搬家的理由。再说，这样的悲剧不必代代相传吧。当时的情况也跟现在不一样，妈妈那时候在城里肯定没有一个和蔼可亲的外公，可以让她留在他身边。

三、我已经十三岁了，不是小宝宝，我不需要别人给我喂饭、洗澡、梳头。天哪，我还会自己擦屁股！你也不用花时间照顾我，玛塔肯定会照顾我的。我们走的那天，她都哭了，肯定不是因为爸爸妈妈的缘故。

四、上学放学也不是问题，我可以跟阿莱克斯一起走。早上他爸送他去学校，中午姑妈去接他。万一哪天他们两人都没时间，我们肯定能找到别人的，科姆巴赫有很多人开车去维特尔上班。去年冬天爸爸感冒很久，妈妈脚上也打了石膏，我还不是每天都自己上学放学，甚至有好几个人愿意让我搭车，你一次也没去接送过我。

五、我父母说要跟我一起住，这简直是个笑话。自从我们搬到这儿，我只有吃早饭时能见到爸爸，然后他就消失，到晚上才回来，我根本没法跟他一起做什么。而且晚上爸爸也是钻到房间里说要备课，因为他前两年教的是初中，在新学校里要教高中数学，爸爸说他得自己先研究透。妈妈我也整天见不着。她说去给按摩店选址，谁知道她到底在做什么，反正不带我去。每天午饭、晚饭只有凉的东西或者微波炉加热就行的冷冻食品。妈妈根本就不会做饭，以前因为有玛塔，我们都没发现妈妈的这个缺点。

　　六、我本来就偏瘦，比正常体重轻三公斤半，现在再每天吃这些东西，用不了几天就会瘦得皮包骨头，虚弱到根本没法上学，然后救护车就会把我送到你那儿，挂盐水、输葡萄糖，人工补充营养。

　　七、我试着找到新生活"好的方面"，但是根本没有。本来看到一些不错的服装店，但是妈妈说我们搬家、买家具花了很多钱，现在得节省再节省；室内游泳馆现在这个季节去简直就是个傻子，而且你说去那儿会被传染脚气的；理发店接下来两年也不用去了，因为我想把头发留到腰部；去电影院吧，一个人很无聊，而且这里的电影票太

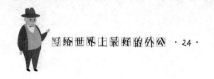

贵了，我的零花钱只够一个月买一张票；至于冰激凌，我也不是那么热爱，虽然附近有三个冰激凌店，而且科姆巴赫面包房的奶油蛋糕比这儿的好吃多了，这里要去蛋糕店才有真正的奶油蛋糕。

还有第八点，外公，我和你，咱俩是好朋友啊，不是每个家庭都是这样的。对有些孩子来说，妈妈是最重要的人，有些觉得爸爸或者外婆最重要，可是自从我记事起，外公就是我最重要的人，这一点你是知道的！

现在我把要说的几点都写出来了，希望你认真考虑，改变想法。其他我也没什么要说的了，现在正孤单又无聊地坐在这儿。昨天我去阿莱克斯家帮他收拾东西了，他要搬到科姆巴赫，真没意思，他妈妈很难过，阿莱克斯也很难过，我也一样。我们三个差点要大哭一场。

今天早上妈妈让我去新学校看看，后天我就正式开学了。妈妈说要早点熟悉一下，看看路上需要多长时间，这样开学就不会迟到。结果路上只用了九分钟！可能有很多学生不及格，今天是笔试补考。整个学校像个古老破旧的黑匣子，里面到处都是学生。

爸爸给我报了名，说我要进三年级D班，每个年级都有A到F六个班，全校共1700名学生，简直就是一个学习工厂。我已经看过我们班，很不好找，要先上楼，穿过走廊，再下楼，穿过另外一个走廊，再拐好几个弯才是三年级D班。教室像一个黑洞，窗子外面是一条很窄的小巷，而且屋子里满是酸菜屁和变质猪油的味道。

现在是中午，我打算用妈妈给我留的钱去买一个香肠面包，顺便把信扔进邮筒。我得快点，不然装电话线的人就要来了，如果家里没人开门，他们又会马上离开的，这样妈妈知道了肯定会杀了我。

你的艾么

9月2日　星期三

亲爱的艾么：

　　我特地让玛塔把咖啡和面包圈放在打字机边上，这样我去诊所之前，就能马上给你回信。但是玛塔的情绪真让人受不了，她把早餐盘重重地放到我的写字台上，弄得咖啡都洒出来了，香脆的面包圈也被泡得软塌塌的，不好吃。玛塔还警告我说，要是不认真吃早餐，迟早会"被压力打垮"。其实她根本不关心我的压力，只是生气没人陪她吃早饭，听她讲村里的各种八卦。

　　不过我现在可能最好停止打字，握拳为你加油。快八点了，你或许正走进新班级，在向同学们介绍你自己。适应新学校不容易，但是希望班里的同学友善，希望你能发现这些友善的孩子。老实说我其实不太相信握拳加油这样的迷信，我也不是老古董，所以还是理智地继续打字。

你逐条解释的那封信我昨天晚上看了三遍。我不会逐条反驳，但是有一点必须澄清：你不能要求我逼迫自己的女儿做事，也不应该认为你妈妈会做一项可怕的交易——拿自己的女儿换钱。如果你真的这么想，那简直是疯了！或许我说得不够清楚，那么请允许我仔细解释一下：

一、如果条件允许、父母也正常的话，孩子跟着父母生活是天经地义的事。而且跟别的孩子相比，你有世界上最棒的父母。

二、如果从前的生活还不错，很少有人会觉得开始新生活是一件很容易的事。大部分人喜欢熟悉的环境，不喜欢陌生的世界，因为熟悉的环境会给人更多的安全感。

三、你说我是你最重要的人，这未免太夸张了。你现在这么想，主要是因为我每天不在你身边。假如你妈妈突

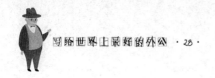

然不在你跟前了，你会觉得她是你生活中最重要的人。或者你爸爸哪一天消失，你又会认为他是最重要的人。人总是在失去了一个人之后，才会意识到他的重要性。

四、当然你也不能认为，我一点都不想你。我甚至很想念你爸爸，虽然我以前经常烦他。现在每天只有女管家和小狗小猫，并不是我的理想生活。

五、你跟以前一样，总是太着急、太早下结论。你刚认识阿莱克斯的时候还跟我说，从来没见过这么笨的家伙。结果一星期以后，他就成了你的好伙伴。还有你同学卡塔琳娜，你一开始也叫她"笨鸭子"。

六、你爸爸适应新工作后一定会有时间陪你的，还有你妈妈，等她收拾好新家、谈好按摩店的事情后，也一定会经常在家的。

七、你以前老向我抱怨，说你爸妈天天围着你转，照顾、呵护太多，不给你自由，那现在正好是享受这种自由的时候。

八、我不相信你的新班级有酸菜屁味，放了两个多月暑假，就算原来班里有臭气，现在应该早就挥发掉了！

该死，我竟然真的罗列了八条，本来我是不想逐条反驳的。

我其实只想给你一个建议：如果半年后你还是不想待在维也纳，还想回科姆巴赫，那我会尽我所能帮助你，但这不表示一定能成功。你觉得这个建议可行吗？

另外我还想建议我们继续保持通信方式。虽然你们现在装好电话了，但是我们可以在想听到对方声音的时候再打电话。毕竟，我们信里说的很多话，打电话的时候可能说不出来。这些话要是不写出来，该多可惜啊！

科姆巴赫这几天还真发生了不少事情，我现在跟你一一道来。昨天费妮尔把一只老鼠带回家，结果跑到厨房的时候突然不见了，然后玛塔拿着笤帚找到半夜，满屋子上上下下翻找，想把那只可怜的小东西打死，但是一直也没找到。今天早上我冲澡的时候，忽然看见那只小老鼠爬过

脏衣篓，然后钻进了篓子里，我当然没告诉玛塔。还有，昨天加油的时候我看见阿莱克斯了，他正跟米西、赛珀尔和友友在汽车修理厂，修一辆老式大众甲壳虫车。阿莱克斯的爸爸一脸骄傲地说，他儿子是天才修理工。

　　我担心阿莱克斯跟他的继母相处不来。那个女的喜欢强词夺理，每次我去加油的时候，都看见她在骂几个小学徒，而且还听说她家每两个月换一次清洁工，因为都受不了她的坏脾气。玛塔说，阿莱克斯的继母很不喜欢阿莱克斯回来跟着爸爸住。所以，说不定你这个好朋友不久又要搬回维也纳了，毕竟他的继父可能比继母更容易相处一些。现在我真得赶去诊所了，玛塔刚才说，候诊室早已坐满了病号。

　　回头见！

　　　　　　　　　　　　　　　　　你的老外公

　　另：你应该给丹妮拉写封信问候一下。她说她不敢给你写，怕错别字太多。但是她很想你。

9月2日　星期三

亲爱的好外公：

　　我还没收到你的回信，肯定明天才能到。下午我试了无数次给你打电话，但总是占线。我问了线路咨询中心，他们说一场大暴雨使得科姆巴赫周围一带的信号都中断了。

　　可能现在电话线路已经恢复了，但是爸妈刚刚前后脚回来，我们家的墙又薄又不隔音，我不想让他们偷听我打电话；另外我的嗓子也很不舒服，打电话肯定说不清楚。所以，现在写信更容易一些。

　　为了让你知道我现在的感觉，我从头到尾给你描述一下今天发生的事情：早上七点四十我走出家门下楼，心里一直七上八下的，作为新生进入一个陌生班级可不是一件小事情。我走到楼梯口的时候，看见"小妖精"正打开楼道门出去。我想她肯定往右拐，去我爸爸工作的学校，因为那个学校就在下一个街区，很近很近。我要是去那儿也很便利，但是爸爸不让，说就像以前在维特尔似的，容易因为爸爸也是学校的老师而受到格外优待。

但当我走出楼道以后，发现"小妖精"其实往左拐了。我想，原来她不是去重点中学，而是去一个三流的学校。我跟在她后面大约十米远，然后发现"小妖精"竟然没进那个学校，而是大踏步向我要去的黑匣子中学走去。

我心里盘算着，这个家伙要么跟我一样大，要么大一岁或者小一岁，一个年级有六个班，六乘三就有十八种可能性，我跟她不在一个班级的概率应该非常大。

但是你知道吗？她上楼，穿过走廊，下楼，又穿过走廊，径直走进了我要去的三年级D班，然后重重地关上了

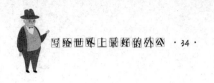

教室门。显然我打不开门了，只好站在过道上，我觉得自己那一刻好勇敢，因为按我心里的想法，早就应该逃离这个鬼地方了！

然后上课铃响了，一个胖阿姨跑过来，一直到三年级D班门口才停下。她上下打量了我一会儿，说："你一定是新来的艾玛·科尼吧？"

胖阿姨推着我的肩膀进了教室。除了一张椅子以外，所有的座位都坐满了。那张空椅子那儿是两人合用一张课桌——"小妖精"就坐在那儿！胖阿姨领我走到空位子："就坐在婷莫这儿吧。"然后又对其他人说："这是你们的新同学艾玛·科尼，她刚从附近的郊区转来。"

我扑通坐下的时候，"小妖精"嗖的一下跳了起来："我不跟'海鸥'一起坐。"她生气地抱怨着，然后看着全班问："谁跟我换一下位置？"

所有人都一动不动。胖阿姨一副惊恐的表情，不停地眨着眼，语无伦次地说："可是婷莫，不过……可是……"

然后冒出一句:"你这样很不礼貌!"接着她磕磕绊绊地说了许多,我因为紧张,耳朵嗡嗡的,什么也没听到。过了一会儿,一个男生站了起来,坐到"小妖精"的椅子上,"小妖精"则走过去坐到他的位置。这时胖阿姨走到讲桌那儿,大声地拍了拍手,以至于我嗡嗡叫的耳朵也听见了。胖阿姨说:"安静!"

可是班里并没有因此安静下来,大家都盯着我。"小妖精"前后左右地跟别人说了一遍悄悄话,然后大家又接着传下去,并摇着头表示不可思议,有几个人甚至还窃笑了几声。我旁边的男生问我一些问题,但是他的声音太小了,我嗡嗡叫的耳朵根本听不清楚。而且就算我听清楚也说不出话来,我的嗓子像被人掐住了似的,就像那次扁桃体手术全身麻醉后醒来,我觉得恶心想吐,直到下课也没恢复。下课铃一响,我就跑出教室,胖阿姨大叫着我必须停下来,因为她还没说下课,而且课后她还要跟我讲很多事情,但是我没有再转身回去。

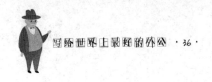

　　我穿过走廊，下楼梯，又转弯穿过走廊，下楼梯，最后跑到马路上。外面新鲜的空气让我的恶心感减轻了不少。我跑到公园里，挑最好的长凳坐下来，然后哭得像一条落水狗。被掐住的感觉慢慢消失了，可是嗓子疼一直持续到现在。

　　我刚才嘶哑着对爸妈说我不喜欢新学校，他们觉得我是嗓子疼才说不出话来，给了我果汁喝，然后说嗓子慢慢就会好的，我也会适应新学校的。外公，跟他们吵架没有意义，而且我现在说话也很艰难。外公，唯一能理解我的就是你，只有你知道我根本适应不了这里的生活。如果现在不给你写信，我会疯掉的。

　　我会咬紧牙关，明天、后天、大后天继续乖乖地走进那座"疯人院"，努力适应那里的生活。我知道你需要时间来改变自己的想法，不过到周末应该就差不多了。在这个班里我无法忍受超过三天的时间，我会发疯的。外公，你最好星期天来维也纳，我们跟爸妈说我搬到你那儿住。

在此之前请不要给他们打电话，这样他们到时候就来不及想反驳的理由了。外公，就靠你了，不要让我失望，救救我啊！

你的非常非常不开心的艾么

另：如果我去不了你那儿，我就收拾东西到街上流浪，我是认真的。

又：我刚刚决定等爸妈睡觉以后，用传真发给你这封信。你通常半夜之前都不去睡觉，所以今天就能看到我这封信。

还有：请不要回传真！在你来维也纳之前，我不想让爸妈看见信上的内容后猜到什么。你一定要站在我这边，否则我跟爸妈吵架肯定不会赢的！

9月3日　星期四

亲爱的外公：

　　你的信今天早上到了，我去上学的路上一口气读完，心情平静了许多。如果你收到我的传真前就做好准备，半年后接我去你那儿住，那么在你收到我的传真，知道我现在的生活有多糟糕后，一定会马上同意我搬过去的。

　　现在我的状态更糟糕了，我正在公园里，坐在昨天号啕大哭时坐的那个长凳上。我没去上学……外公，我本来准备去的，但还是没能做到。

　　我站在街边角落，看着那个可怕的黑匣子学校，双腿像灌了铅似的走不动路。我盯着校门，看着它如何吞噬学

生，先是一大口一大口的，然后是一小块一小块的。最后
上课铃响了，巨大的校门像野兽的大口一样闭了起来。

外公，我真的不是故意逃学，但就这么发生了。不过
就算我进去了又能怎样呢？第一天早退，第二天又迟到，
真是糟糕透顶！所以我转身又去了公园，现在坐在这儿给
你写信。我觉得自己简直是一堆狗屎，可我真的不知道该
怎么办。

到第二节课再进去，然后谎称自己头晕，明天带病假
条来，这我真的做不到！

或者回家告诉妈妈我没敢踏进校门？我都不知道妈妈
这会儿在不在家。

再或者跑到火车站坐车去维特尔，从那儿再搭车去科
姆巴赫？我口袋里的钱肯定不够买一张车票的，而且我也
不知道这个倒霉的城市里，去维特尔的火车在哪儿。

好吧，只有回家了。天开始下雨，路过的人都用奇怪
的眼神看我。也是，如果一个孩子上午坐在公园里，书包

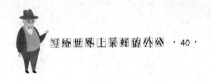

放在膝盖上，然后上面放着一个本子，老远就能闻到她身上逃学的恶臭。

如果妈妈在家，我就告诉她发生了什么；如果妈妈不在，我就安静地想一想接下来该怎么办。所以我现在收起本子，先中断给你写的信。

……

外公，你不知道后来都发生了什么！我回到家时，妈妈站在走廊里大叫起来："艾么，艾么！"然后她飞奔到电话机那儿，拨号后对着话筒大喊："这里是科尼家，请转告我先生，说谢天谢地孩子回来了！"然后她放下听筒，走到我身旁，搂着我的肩膀，轻轻晃动着说："你可把我们吓死了！"

事情是这样的：我八点钟没有出现在教室里时，一个学生报告胖阿姨说他在校门口的拐角处看见过我，胖阿姨的名字是玛蒂尔德·斯坦纳博士。胖阿姨觉得我可能是在偌大的教学楼里走丢了，然后就派三个学生去找我，他们当然没找到我。然后胖阿姨就告诉了校长，校长又打电话到家里，接着妈妈迅速往爸爸的学校打了电话。

妈妈说完这些，我又给她讲了我的腿如何走不动后，已经是中午了。忽然门铃响了起来，妈妈开门后，"小妖精"跟着她妈妈走了进来。

其实是"妖精妈"把她女儿推了进来。很明显，"小妖精"是不想跨过门槛的。"妖精妈"对我妈说，斯坦纳博士批评她女儿了，说我没敢去上学也有婷莫的责任，因为婷莫昨天对我很不礼貌，不想坐在我旁边。

然后"妖精妈"又说，两个女孩要握手言和。说着就抓起她女儿的右胳膊，像举着一个木偶摇臂，妈妈也在我身旁捅我，悄悄地让我赶紧握手。我只好握了握那只伸过来的小爪子。然后两个妈妈认为我们还应该互相解释一下。妈妈让我带婷莫到我的房间，她则带"妖精妈"去了客厅。"小妖精"跟着我进了房间，脸上的表情像是要上刑场似的。

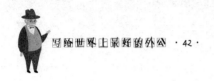

　　我示意她坐在我的秋千椅上。她坐下来后，直接朝窗外看着，一句话也不说。我坐到床上，也沉默起来。整整过了九分钟，外公，我看过手表的，"小妖精"突然开口说："我不想撒谎，就实话实说了，你那天威胁说要扇我一巴掌，所以我才不想坐在你旁边，这没什么问题吧？"

　　我说"是的"，"小妖精"随口说"所以啊"。然后我反驳道："可是你根本不知道转学是什么滋味！"

　　她应了声："我是不知道。"

　　我又接着说："所以啊。"

　　"小妖精"马上站起来走到门口，出门时还补充道："我从来没见过叫'艾玛'的人。起了个这么奇怪的名字，就得做好被人嘲笑的准备。稍微受点委屈，在你们郊区可能可以动手打人，在我们这儿可是不常见。"

　　我朝着她喊道："我可没动手打人，不然你现在就得提着脑袋出去了！"

　　外公你看，握手言和肯定不是我们这样吧。

后来爸爸很快回来了。他对我说大概能理解我的想法，但是我昨天应该告诉他在学校里发生的事情。我问如果告诉了他他会做什么，可是爸爸没有再回答。快三点的时候门铃又响了，这次是胖阿姨斯坦纳博士。她竟然跟爸爸是大学同学，而且现在还是朋友。妈妈说爸爸那时候还跟她有过一点关系，估计胖阿姨那时候还不太胖。

班主任上门家访真是尴尬无比。不过胖阿姨真的不错，她说班里不是所有同学都像婷莫那样无礼，而且那天主动坐到我旁边的男生非常友善。然后我承诺一定去上学。我们约好了明天一早在教师办公室门口碰头，然后一起进教室。妈妈也说她会陪我走到教师办公室门口。妈妈到底是陪我还是监视我，其实我也不太清楚。

但是我得诚实守信呵！这样，外公你星期天先不用过来了。爸妈和斯坦纳博士都对我这么好，没有因为逃学责怪我，我现在要是再悄悄地搬到科姆巴赫，就有点太卑鄙阴险了。

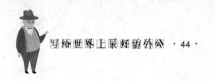

外公，我再鼓起勇气试一次，但不能保证像你建议的那样，熬过半年。

代我问候阿莱克斯，提醒他给我写信，他原本说两天就写一封的，但是到现在一点影子都没有。丹妮拉要是怕写错别字，就直接给我打电话吧。或者她连打电话也害怕？米西和友友不爱写信，这我早有预感，他俩宁可打架也不愿意拿起笔来。不过还是替我问候他们。

吻你一千次！

你的艾么

另：即便你不是迷信的老古董，明天快八点时还是为我握拳加油吧。不对，明天早上这封信还到不了你那儿，这个请求暂时作废。外公，明天应该不会有事的。我吃早饭时会服40滴缬草剂，就是你给妈妈配的那个镇静药剂。

9月5日　星期六

亲爱的艾么：

　　读了你的信，你老外公心里的大石头终于落地了。我就知道，你是我孙辈里最懂事的孩子。

　　如果你需要我，我星期天就一定会去维也纳的，因为我不会对你不管不顾。但现在看来，原本看似大哭小叫、倒霉透顶的事情，其实是虚惊一场，甚至是小事一桩。

　　不过即便我去维也纳，也没法带你回科姆巴赫，因为我礼拜一要去罗马一个星期，去参加一个家庭医生国际会议。你忘了吗？我还要做报告，带领一个工作小组呢。

　　如果现在跟会议方说我去不了有些太晚了，他们肯定

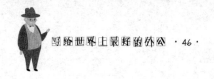

找不到代替我的人；而如果跟你爸妈解释，说我把你带回科姆巴赫，在玛塔这儿寄放一个星期，他们肯定不会同意的！你看，我的宝贝，你做了一个多么正确的决定！

丹妮拉说她不是不敢给你打电话，而是她妈妈不允许她打电话闲聊，嫌太费钱了。你给她打吧，这样她父母不用花一分钱。

我也提醒了阿莱克斯每两天给你写封信，但他太忙了，恐怕没法遵守诺言。最近他一有空，就跟米西、友友和赛珀尔一起修那辆老式大众甲壳虫车，他爸爸把这辆车送给他了。

我很好奇接下来到底会怎样。如果他们修好了那辆老车，一定想自己开，但不知道他们是否意识到自己还太小，也没有驾照。或者他们像以前贝格家的儿子们那样，半夜里开一辆没有牌照的老式福特车，结果在国道上撞上了一辆小轿车。汽车保险公司当然没有承担车辆损失费，甚至医保公司还向贝格家索要小轿车里两位受伤乘客的治疗费用，以至于贝格家直到今天还在还这笔费用，还庆幸那两个人没有进抢救室，不然天价治疗费会让贝格家彻底破产。

我提醒阿莱克斯的爸爸吸取贝格家的教训，但他说如果阿莱克斯真的敢开那辆甲壳虫到处乱转，他一定会"拧断他的脖子"。像阿莱克斯爸爸这样的人有时候你根本没法给他提建议，不只是他儿子的事，还有那辆旧车的事。我现在都想去别的地方加油修车了，因为阿莱克斯的爸爸每次都会把一堆愚蠢的观点喋喋不休地说给你听，我真有点忍受不了，恨不得骂他"笨蛋"。

另外，那只小老鼠一直都没被赶出去。虽然我没再见过它，但家里到处是老鼠屎。那个小东西甚至还爬上了玛塔的床，搞得她已经歇斯底里，她在家里到处摆着放了老鼠药的小盘子，把我气了个半死，这万一要是让费妮尔女士和弗朗兹先生吃了，肯定会中毒的！

玛塔现在改用传统的老鼠夹，上面放肥肉和奶酪的那

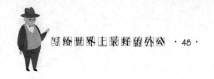

种，但是我们的这只小老鼠实在是太聪明了，它甚至能做到只吃肉和奶酪，而不会被老鼠夹夹到。玛塔每次看到被洗劫一空的老鼠夹，都气得鼻孔冒烟。

自从你搬走以后，玛塔的脾气越来越坏，昨天她还挖苦我，说给我做饭一点意思都没有，反正我像一只病麻雀一样只吃一点点，根本不值得她进厨房。我让她给你做蛋糕和饼干，还说你一定会非常开心的。做好准备，接下来邮递员会每星期送两次家庭款大份点心包裹。乖点，感谢玛塔，而且不要说你吃不了那么多蛋糕和饼干。这样玛塔才会停止抱怨，我的日子也会好过一点。

先写到这儿，下个礼拜你暂时收不到我的信，但是我会在罗马惦记你的，而且会给你握拳加油，希望你一切顺利。

还有，我不喜欢写明信片，所以也不会从罗马给你寄明信片去，但是回到家以后，我会再给你写长长的信。

抱抱你，我的宝贝，勇敢点。如果有人很蠢，别太生

气，淡定从容就行——对什么淡定从容？当然是所有事情！

你的老外公

另：我会从罗马给你带一个小礼物，但是恐怕我的眼光不够好。看看我能不能发现什么一眼就觉得适合我漂亮的外孙女的东西。或许我可以问问参加会议的年轻姑娘，她们一定很有品位。

又：千万不要服用你妈妈的缬草镇静剂！那个缬草是用高剂量酒精配的，如果你服用过量，一定会醉到不省人事！

9月9日　星期三

亲爱的外公：

　　为了让你从罗马一回来就能看到我的信，我现在就马上动笔开始写。不过我今天时间不多，下午两点才放学，然后四点还要去上体育课。

　　作业我打算体育课之后再做，反正很简单。这里的数学课还在教去年我在维特尔学的东西，英语课也完全没要求。我就说了，维特尔的英语老师简直严得没有道理。你知道吗？这里的英语老师还问我是不是在英国住过，她觉得我的发音极其标准，甚至有"王室口音"！我说我去年在维特尔的英语总评只是及格，她惊讶坏了。当然，我没补充说英语刚学半年时我甚至差点不及格。

斯坦纳阿姨教我们德语和历史。因为总课程表还没定下来，所以我到现在都没上过历史课，但是德语课很不错，感觉很放松。斯坦纳老师说单词拼写出错没关系，反正可以查词典，关键是我们能把要说的内容流畅、准确地表达出来。今天上课她还发了一张纸，上面有一首很短的打油诗：

　　一二三四五，爸爸打老虎；
　　五四三二一，妈妈看手机。

然后德语老师问我们每个人对这首诗的看法，有想法的人都举手发言。"小妖精"没举手，她正忙着涂粉红色的指甲油，那个颜色跟她的烤肠手指还挺配的。胖阿姨皱着眉头看了一眼"小妖精"，然后撂了一句："能不能放学后再涂指甲?!"

　　吃午饭的时候，我跟爸爸说了这件事。他说他可不允许上课涂指甲油，"玛蒂尔德就是太善良了，总让别人在她头上拉屎"。爸爸还警告我不能因为德语老师善良就欺负她，这样很不道德，况且这位老师也不太会自我保护。其实不用爸爸提醒我也知道，我怎么能欺负老师呢。

　　我很好奇这里的体育老师怎么样，据说我们的老师是新来的，其他同学也都不知道新老师的情况。希望不像维特尔的海因里希那样，就因为自己喜欢打球做操，所以只带我们做这些运动，从来不让碰运动器械。

　　班上坐在我旁边的男生叫法毕安，他很搞笑，而且很能吃，但长得跟我一样瘦。他每天在课间甚至上课时狼吞虎咽的样子简直太绝了。法毕安每天要带三个香肠面包，两个苹果，然后还要去别人那儿搜刮一通。他说他肚子里有个绦虫，如果不每十五分钟喂一次，绦虫就会去啃他的肠子。坐我前面的女生叫卡门，又高又胖，有时候会挡着我看黑板。不过她除了爱放屁以外没什么毛病，人很友善。坐在我后面的叫本，他是班里成绩最好的同学。可是法毕安说，本其实没有多聪明，就是非常非常用功。的确是这样，本连课间休息都打开书念念有词，应该是在为下节课做准备。可是开学刚一个星期，根本没有什么要考的！

这个班里有两个互相对立的派系，只有很少的几个同学属于中立。法毕安说，他们刚从小学升上中学时就形成这两派了。因为其中一半同学来自同一所小学，另一半则来自另外一所小学。这两个学校一直势不两立，放学后或者在公园里，他们经常互相打架。

还好法毕安和"小妖精"不属于同一派系。我虽然还没完全融入这个班级，但是已经很清楚能跟谁合得来，当然不只是因为"小妖精"开始那一出戏。她那一派里确实有几个调皮捣蛋的，比如有一个女生叫大妮，开学第二天（不，应该是第三天），上数学课前，我正对着废纸篓削铅笔，她忽然跑过来，掀起我的T恤衫，就是腰到屁股那一

段，然后大喊着："不会吧，连乡下妞也穿阿玛尼！"接着就跑了。

我根本没懂她是什么意思。后来卡门给我解释了一下，说我穿的那条牛仔裤屁股兜上印着一只鹰，这是一个叫"阿玛尼"的公司的标志，还说这个牌子很贵。外公，你应该知道这个牌子，因为这条裤子是你一年前从慕尼黑带回来的。卡门还说，"小妖精"那一派非常重视穿着，穿对了衣服才有发言权。至于我的裤子是不是符合他们的标准，卡门也不知道，她对穿什么衣服完全无所谓。

外公，我现在得去上体育课了。上完课后肯定还有很多要跟你说的，明天我再写一封附加信。再见！

你的艾么

9 月 10 日　　星期四

亲爱的外公：

　　昨天的信我下午去上体育课的路上投进了邮筒，然后也没再看里面都写了什么，希望今天不要重复昨天说过的内容。

　　不过昨天下午的体育课我肯定还没有汇报。我们的新老师不像传说的那样是个男的，其实是个女老师，而且上课简直就是一场噩梦！她从头到尾嘴里都含着一个哨子，每次一有什么不满意，就会吹一下哨子，那个声音真让人头皮发麻，而且百分之九十九的时候我都不知道她为什么吹哨。总之，昨天的体育课糟糕极了。这里还男生女生分

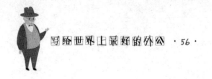

开上，带男生的是一个男老师，在另外一个体育馆。

　　其实课间休息的时候，我就被女老师吹哨警告了，原因是我上课前独自做侧手翻，而且还从体育馆的一边翻到了另外一边。跟这个女老师比起来，维特尔的体育老师简直太优秀了！这位女老师还让我们像小孩一样在翻过来的长椅上走平衡木，并且必须伸展双臂。就因为我的胳膊伸得不够直，又被她吹了一次哨子。可是即便我不伸开胳膊，也能毫不费力地跨过那些长椅，为什么还要多此一举呢？我当然也问了老师这个问题，可她竟然回答"我就要这样"！

　　估计我跟这个体育老师还会有不止一次的冲突。课上我还很倒霉地分到了"敌对势力"那边，就是"小妖精"那一派里，他们这一派女生居多。另外那一派里有几个女生没上体育课，两个说是来了例假，还有一个说脚扭伤了。来例假的女生被体育老师教训了半天，说例假不是逃课的理由，但那两个女生坚持不上。脚扭伤的女生叫阿吉，她没挨批评，但我知道她的脚其实没事。下体育课回家时，她自己把绑在脚上的绷带扯了下来。阿吉是想在体育课上接着看上午上课时刚开始读的侦探小说。

"小妖精"体育课上的动作笨拙极了，简直世间罕有。她连扔给她的球都接不住，跑步也像是膝盖被绑住了一样，只有小腿在动。走那个长椅平衡木，她几乎两三步就会摔下来。但是她体育课的行头倒是像个明星似的：一身粉红发亮的紧身运动衣，外面还套了一条深绿色的短裤，那条短裤短得只是在屁股处有一点遮盖。然后她的狗毛色的头发高高地扎起来，套上一个紫色的头花。而我呢，身上还穿着维特尔中学的运动服，后背上印着校名，以至于"小妖精"走过时阴阳怪气地说："哟，'海鸥'还真是喜欢乡下运动装！"

我回家跟妈妈说了以后，她马上打算给我买一套新运动服。我本来也是这么想的，因为那套旧的确实太小了，我走路时腿都扯得痛。但现在不是时候，我可不想让"小

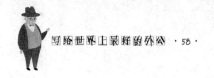

妖精"觉得我是因为她那句话才去买的。

对了，外公，我还想跟你说，我觉得自己好奇怪啊，一开始总想着离开这里，老让你来接我，但是现在，还不到一个星期，一切又都改变了。

可能你说得有道理，我总是太着急、太早下结论，但其实不只是因为这个，还有一些别的事情让我觉得留在维也纳也不错，主要是我对科姆巴赫和维特尔的朋友太失望了——他们完全把我给忘了。外公，他们这么快就忘了我，我这辈子都没想到。我给丹妮拉打了两次电话。第一次她说佳佳去找她玩，她们正一起做蛋糕，她得马上去搅蛋清，不然蛋糕就发不起来；第二次她有空，但是除了几句尬聊，比如"我很好""佳佳现在是我的好朋友"或者"今天下雨了"之类的，就没话跟我说了。每次她说话与我说话之间都有漫长的停顿，真是尴尬死了。

米西和友友那儿，我还给他们寄了带跑车的明信片，但他们也毫无音讯。然后维特尔的同学也都集体沉默。我给他们都寄了一封短信，上面有我的地址和电话号码。我还给卡塔琳娜寄了一张斯蒂芬教堂的明信片。

不过最令我失望的还是阿莱克斯！他刚到科姆巴赫的第一天给我写了一封三行字的短信，然后就没消息了。我给他的信他也从来没有回过。我还给他打了两次电话，每次都是不在家。他家人一定告诉他我打过电话了。其实我早知道他是这个样子，他原来住在维也纳时，偶尔去科姆巴赫，也很少写信，并且从不打电话。我以为他现在稍微变好了呢。总之我失望透顶，如果友谊的小船说翻就翻，那肯定不是真正的朋友。我也乐意忘掉那些笨蛋！

今天就写这些。

你的艾么

9月13日　星期天

我最亲爱的宝贝：

　　谢谢你给我写了两封长信！我昨天到家时，这两封信简直是我的提神良药。准确来说应该是今天回到家，因为飞机晚点，我快半夜十二点才在林茨机场降落，然后拿好行李，开车回到科姆巴赫时已经是半夜一点了。

　　终于回家了。这样的会议已经很不适合你的老外公。罗马天气燥热，树荫下都有三十五摄氏度，酒店的床像石头一样不舒服。同行的报告冗长无趣，而且会议厅一直开着空调，冻得我鼻塞喉咙痒的。另外还有一个鹰钩鼻的女医生，跟我差不多岁数，一直跟在我后面想聊天，简直躲都躲不开！吃晚饭的时候她只盯着我旁边的位子坐。我要是找一个两人坐的位置，她准会支开坐在我旁边的人，说是要跟我进行一场专业讨论。

昨天晚上我想着要躲开这个女的，就没有跟大家在酒店一起吃饭，而是去了一家小饭馆。没想到我刚点完菜，那个"老巫婆"就进来了，她环顾了一圈看见我后，径直坐到我旁边，还假惺惺地说："真巧啊，罗马这么大，偏偏在这个小饭馆遇见你！"

后来我才知道这根本不是巧合。我问酒店门卫附近哪家餐馆不错时，另外一个同行恰巧就站在我旁边，听见了门卫说的那个餐馆的名字。然后吃晚饭时，步步紧逼的"老巫婆"到处找我，那个同行就告诉她我去哪儿了。这个家伙一直就这么恶劣。

艾么，别笑，其实那个女的一直盯着我，估计用不了多久她就能追到科姆巴赫，然后向我求婚。

你现在慢慢适应了新生活，这让我很开心。当然我从

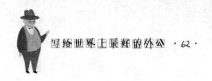

来没有怀疑过你的适应能力。我能理解你对老朋友的"失望",不过你不用急着下结论,说他们不是你"真正"的朋友。大人的友谊也是这样,如果大家住得很远,那么从前的感情也会日渐消失。孩子的友谊消失得更快,不过他们很快又会认识新的朋友。你尤其不能怪罪阿莱克斯。玛塔今天吃早饭时跟我讲了他的情况,即便玛塔说的只有一半是真的,我也能想象阿莱克斯现在很不开心。

就像我之前猜测的那样,他跟继母处得很不好,或者说继母跟他合不来。他俩每天吵架,惹得阿莱克斯的爸爸很是烦躁。他爸这种人一生气就会出拳还击。几天前,阿莱克斯跟米西出去玩儿,本来应该晚上八点回家的,但是他十点才往家赶。回来时已经一片漆黑了,阿莱克斯的爸爸气得要命,竟然锁了家门不让儿子进去,这有点太过分了。阿莱克斯敲了半个小时的门,但是他爸只是从房里喊道:"我不会让'流浪汉'进来的,不守规矩就得去别的地方睡。"

可能阿莱克斯的爸爸想，儿子会在门口跪下来苦苦求他开门，但是阿莱克斯去了他的姑妈家，直接在那儿睡了。

第二天早上，阿莱克斯说要回维也纳找妈妈，他给妈妈打了电话说要搬回去，但是阿莱克斯的妈妈说当初劝过他不要搬走，可他还是选择跟爸爸住，所以现在不能出尔反尔，想怎样就怎样，她不会同意的。还说阿莱克斯不能"把父母的好心当驴肝肺"，光想着自己的感受。后来阿莱克斯就住在他姑妈家了。他姑妈跟玛塔说了这些，还说住在她那儿也不是长久之计，顶多熬几天，毕竟这个责任太大，而且阿莱克斯也不是个乖孩子。另外，他的姑妈也不想跟她自己的兄弟为此吵架。据说阿莱克斯接下来要去寄宿学校，现在就等着父母商量寄宿学校的费用有多少，两人怎么分摊等。

可能阿莱克斯的家人根本没告诉他你给他打过电话。这在现在这种情况下也不足为怪。趁他还没有搬走，要不

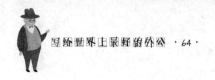

你试着往他姑妈家打打看。阿莱克斯一般傍晚就会回来，
而且不被允许再出门。他爸说只有服从这个条件，才让他
住在姑妈家。阿莱克斯姑妈家的电话号码跟我的几乎一
样，只是最后一个数字不是2，而是7。

我还想跟你说：做个友善的人，不要过度执着于你对
"小妖精"的愤怒。我不是想说教，但你描述的那个女孩
太可怕了，根本不可能存在。你说她的各样缺点可能也是
真的，我不怀疑，但你不能只看到一个人的缺点，能不能
稍微用点心，努力发现她的一些优点呢？希望这个要求不
太过分。其他我就没什么要汇报的了，除了早饭看到玛塔
以外，我回来后还没见过其他人。小猫小狗当然看见了，
不过它们可不会跟我讲村里的新鲜事。弗朗兹先生最近睡
得太多了，我有点担心，甚至想带它去看医生。玛塔说是
因为你不在的缘故，说"弗朗兹害了相思病"，它太想你
了。不过我还是准备带它去看医生，毕竟狗狗上岁数了，
应该为它做点什么，避免提前衰老过世。嗯，今天就写到

这儿。

好好的，抱你、亲你七十七次！

你的外公

另：随信寄给你一个小包裹，这是我在罗马给你买的，希望你喜欢。不过就算买得不好，我也不可能再飞到罗马去退换了。

9月19日　星期六

亲爱的艾么:

　　今天晚上我没去打牌。兽医牌友正忙着把女儿嫁到萨尔茨堡，镇长牌友去林茨出差了，只剩下护林员牌友在家。光跟他聊天，听他抱怨蠹虫、风灾、鹿群数量过多，然后看着他用红酒虐待自己已经出问题的肝脏，这也太无聊了，所以我选择待在家里。

　　不过连小猫小狗都不愿意陪我。费妮尔女士在附近游逛，要不是已经给它结扎，我真以为它在外面追哪只公猫，每天一擦黑就偷偷溜出去，快天亮才回来。弗朗兹先生生我的气了，它现在根本不愿意躺我脚边打呼噜，而是独自溜到厨房去睡觉。兽医朋友说弗朗兹什么也不缺，就是太胖了，说它超重15%，还让我给它节食，不然弗朗兹可能会因为心脏肥大而死。可是狗狗不这么想，它发现食物减少，以为我不喜欢它了，所以满肚子委屈。不过弗朗兹好像不生玛塔的气，我猜玛塔肯定偷偷给它加了肥肉餐。也难怪，玛塔自己体重接近两百斤，当然觉得那只狗很可怜，如果不加餐，简直快要饿死了。

电视里也没什么好看的节目，报纸看完了，现在去睡有些太早，一个人在电脑上下棋也很无聊。我可以做点什么呢，然后就想到给你写信。虽然你还没回我上封信，不过我前几天跟你妈打电话的时候，知道你现在很忙，很少在家。我的小宝贝，老实说，我完全可以理解，千万别觉得我受伤了，关键是你过得开心。你没时间写信的时候，我就给你写。毕竟写信又不是一种交易，必须收到对方的货物后才能发自己的货物。

这儿有什么要汇报的呢？首先，阿莱克斯还住在科姆

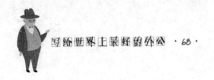

巴赫，但不是在他姑妈家，而是回到他爸爸那儿了，他继母回了迪恩村的娘家。我也不知道具体发生了什么，但是现在村里都传，说阿莱克斯的爸爸当时不让他回家不是因为太晚，而是怀疑阿莱克斯偷了加油站的几千欧元。后来听说是孩子的继母拿了这笔钱去还债了。阿莱克斯的爸爸发现这件事后，跟现在这个老婆吵得很凶，半个村的人都听到了。然后听说那个女的带着行李箱，开着宝马走了。阿莱克斯的爸爸在小饭馆里说，他不要那个女的了，只想把宝马要回来，儿子也可以跟他住，毕竟比去寄宿学校便宜一些。

玛塔说这不是长久之计，因为没人照顾阿莱克斯。他爸让他中午去小饭馆吃饭，晚上自己弄点吃的。但是谁知道阿莱克斯会不会自己做饭。他爸反正在加油站和修理厂干到很晚才下班，然后就直接去小饭馆。昨天半夜我拉卧室的窗帘时看见他才从饭馆走出来，踉踉跄跄地斜着过马路，一看就是喝多了，一边走还一边唱着："我们都要，都要上天堂。"

玛塔还说，阿莱克斯现在也开始逃学。她在维特尔的马路上看见过阿莱克斯两次，每次都问他为什么不去学校。第一次阿莱克斯支支吾吾地说"老师生病，休息一节课"，第二次他直接回道"关你什么事"！

玛塔让我跟阿莱克斯的爸爸谈谈，但是让我跟一个不喜欢的人认真谈事情恐怕不容易，甚至可能会越谈越糟。所以，我打算跟阿莱克斯认真谈一次，可是到现在还没有机会，我也不知道如何去创造机会。你有什么主意吗？

说到主意，我现在太需要有人支招解决家里的老鼠问题！那个小东西搬到了车库里，还在那儿做了一个窝，就在一摞冬季轮胎后面，窝是粉红色的，跟老吉普后座上的毯子一个颜色，我没去看那个毯子是不是破了好几个洞，又不是我的问题！我的问题是发现粉红色的老鼠窝里下了一窝小崽，然后很快它们就会长成大老鼠。因为诊所就在车库上面，这些老鼠会不会通过门缝爬进我的诊所？诊所

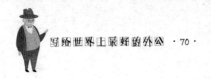

里闹老鼠可不合适！

我承认，我本来把希望寄托在费妮尔女士身上。它只要把老鼠吃光，这个世界难题就解决了。我有好几次把费妮尔抱到车库那儿，放在冬季轮胎前面，但它只是不耐烦地看我几眼，然后就从车库跑出去了。其实不管是我杀死老鼠崽，还是让猫吃掉，结果都一样。我还想过一个更温和的办法，把包扎布浸在乙醚里，然后放到老鼠窝里，这件事也就搞定了。让猫去做的话，它得折磨很久才会吃掉老鼠。但是猫吃老鼠不是天经地义的吗，让善良的外公去杀死鼠崽，简直是刽子手行为！不过最简单的办法可能就是告诉玛塔，她准会毫不留情地除去那些小东西。但是，己所不欲，勿施于人，我自己不想做的事情，总不能推给玛塔吧。另外，谁也不知道那些老鼠是否真的能找到去诊所的路，没准等它们长大以后，就会爬到邻居家的苗圃里。那里有玻璃温室，它们能在里面舒舒服服地过一辈子。花盆之间有老鼠屎不是一件什么大不了的事情，总比在诊所的药箱里发现老鼠屎好多了。邻居胡博先生近视得很，根本不会注意到他的苗圃里有老鼠屎！

说到近视我又想起来了：我刚配了一副新眼镜，金色细边框，镜面还上了点颜色，新来的前台助理玛丽说我看上去年轻了十五岁。而且我今天早上还剃掉了胡子，没准玛丽因此又帮我减了十岁。

玛丽真的温和亲切，整天阳光开朗。当然她没有你妈妈那么能干，毕竟刚来几个星期，她还需要熟悉业务，不像你妈妈已经在这儿干了十几年了。但是她总是阳光灿烂的样子，对所有病人都微笑对待，当然对你的老外公格外友好。有她在，大家都感觉舒服极了。

不过这些话别告诉你妈妈，她可能更想听到她走后留下的空缺很难找人替代，像你妈妈那样熟练、利索又精确的医师助理确实很难找到。虽然如此，你妈妈走后我放松了许多，因为早上终于不用提心吊胆地想：我的女儿大人今天到底是什么心情呢？

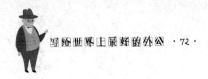

亲爱的宝贝，先写到这儿，我的眼皮已经开始打架，我得睡觉了。

回头见！

你的外公

9 月 23 日   星期三

亲爱、亲爱、亲爱的外公：

　　我简直蠢得像头猪！但是请相信我，我每天至少想你三次。其实每天晚上我都想坐下来给你写信，可总是累得精疲力尽，所以只好推到第二天。不过今天我把所有的事情都推掉了，这样就可以给你写一封长长长长的信。我有太多事情想跟你说了，一下子又不知道从何说起。

　　差点忘了，我首先想告诉你的是：

　　一、你在罗马给我买的手镯太棒了，我白天晚上都戴着，只有洗澡才摘下来。妈妈说你给外孙女买一个这么贵的首饰有些离谱，而且这个手镯更适合成年女性。还说她

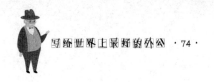

小时候你从来没给她买过黄金或白金首饰，都只是一些廉价的玻璃珠什么的。

二、让那些小老鼠安稳地待在车库轮胎那儿吧，其实那个角落一直有老鼠窝，而且它们从没跑到你的诊所里去过。我一直没提老鼠窝的事情，因为不想让你们杀死那些小东西。费妮尔女士不碰老鼠窝是我训练出来的，我下了很大功夫才让它养成不碰小老鼠的习惯。

三、关于阿莱克斯的事情我也可以给你解释一下。阿莱克斯的妈妈告诉了我妈，然后我妈又告诉了我。阿莱克斯和他继母根本没有拿加油站的钱，继母回娘家的原因是阿莱克斯的爸爸天天酗酒。阿莱克斯的妈妈也从没对阿莱克斯说过他不可以回妈妈家，实际上她每天都给儿子打电话求他搬回维也纳，还说让阿莱克斯自己决定回妈妈家还是去寄宿学校，因为她不能容忍儿子跟着一个酒鬼住，然后慢慢变坏。阿莱克斯的妈妈一直不知道她的前夫开始酗酒，直到她上星期去科姆巴赫看儿子时才发现。她对儿子说必须在两星期内做出决定，到底是去寄宿学校还是搬回维也纳，他必须要选一个。看来，在阿莱克斯这件事上，玛塔和那些爱说闲话的大妈们又胡编乱造了一通，这在科姆巴赫也不是什么稀罕事。

现在该说说我了。我最近过得超级开心，用爸爸的话说就是"我们的女儿已经飞快并完全适应了新环境"！

如果考虑到"小妖精"和她那帮人的话，其实我也没有完全适应。不过他们那一伙人真的太蠢了，我永远不会跟他们和平相处的。我不像你说的那样，执着于痛恨一个人，倒是"小妖精"是这样对我的。我完全忽视她，但她总是想方设法让我难堪。她那些同伙们也跟着一起整我，不过我根本不吃这一套。

我本来想着我会加入"小妖精"的对立派，因为对立派的人真的不错，我对他们没有任何意见，也完全合得来。但是后来我跟法毕安最能聊到一起，就是坐在我旁边的那个男生。他属于班里的中立派，又跟阿吉是好朋友。

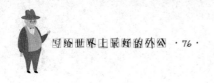

阿吉就是那个体育课上缠假绷带逃课的女生，她也属于中立派。很搞笑的是，我们三个现在结成一个联盟，叫"特别三人协会"。

虽然法毕安说我们这个"三人协会"里我和阿吉是"超女组合"，他在一旁备受冷落，但他其实是开玩笑的。女生总有自己喜欢的东西，而男生又对这些毫无兴趣。目前阿吉还需要学习怎样跟女生交往，因为她家里只有两个哥哥，没有姐妹，所以她从幼儿园起都只跟男孩子玩。我也需要补课。丹妮拉确实不是我真正的好闺蜜，虽然她比我大一岁，但她只是乖乖地跟在我屁股后头，我说什么她都点头同意。我跟维特尔班里的女生也没有发展出真正的友谊，因为我每天一放学就跟着爸爸回家，下午从来没有在学校参加过她们的课外活动。

现在我和法毕安、阿吉差不多每天下午都在一起，大多时候是在阿吉家。外公，我向你承认一件事，好吗？我现在就告诉你，阿吉有个哥哥叫思凡，比我大两岁，我好喜欢他。反正我每次跟他说话都会膝盖发软、心跳加速。法毕安说思凡每次跟我说话时，我都满脸通红。这我不相信，因为我自己没感觉到脸红。法毕安肯定是在取笑我。我其实对自己不抱任何希望，因为思凡可能觉得十三岁的小姑娘都是"小豆芽"，太小了，他根本不感兴趣。阿吉说，她哥哥连十五岁的女生都不感兴趣，喜欢过的两个女孩都是十七或十八的，但是两次都没有任何进展。阿吉还说，思凡只喜欢黑头发、身材丰满的女孩。其实她不用说我也知道，思凡房间的墙上到处贴着这样的海报。所以像我这个样子，头发黄而稀疏，胸部平得像烫衣板，就算再大十岁，思凡也不会感兴趣。

思凡其实长得不帅，法毕安甚至说他的脸长残了，看起来比例失调：短额头、扁平鼻，嘴巴和牙齿又太大，的确如此。但是思凡看起来还是那么可爱！他的两只耳朵也不一样高，左耳低、右耳高，所以鼻子上的眼镜看起来有些歪，他得不停地去扶眼镜，才能保证右眼通过镜片而不

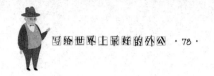

是从镜框下面看东西。这又让他显得更加可爱!

　　不过我不希望让你觉得我已经不可救药,所以还是说点别的吧。爸爸已经牙痛了三天,但是不敢去看医生。前天和昨天他都骗我们说,牙医没有时间给他看牙。妈妈竟然相信了他,生气地说医生怎么会没时间给身体疼痛的人看病。妈妈甚至还给牙医打了电话,结果发现爸爸根本就没有去看医生。爸爸解释说,他撒谎是因为不信任维也纳的牙医,他要去以前在维特尔常去的牙医诊所看病,还说这个星期他每天下午都得待在学校,下星期才有时间看医生。爸爸又在撒谎!妈妈生气的原因是,爸爸因为牙痛不停地服用一些止痛粉末,这些药的副作用很可怕,据说会减弱反应能力,服用后不能开车。但爸爸却照开不误,还说他自己知道脑袋到底清醒还是糊涂。还有,妈妈可能得放弃她的按摩店了,这事是昨天才定下来的。她的朋友因为没找到担保人,从银行贷不到款,所以兴趣就不大了。妈妈说她一个人肯定开不了按摩店。不是因为钱的原因,而是工作量太大。她要是请一个按摩师，还得付很多钱，这根本不在最初的预算里。她跟朋友的计划是开始两年只赚点小钱，等稳定下来以后再赚大钱。妈妈这回被折腾得精疲力尽，昨天晚上还大哭了一通。爸爸却很开心，当然，牙痛的人开心有限。你知道他的，爸爸总觉得只要不是有养老金保障的国家招聘，都是高风险工作，迟早会出问题的。我虽然无法想象妈妈真去开按摩店，给别人按摩大肚子或者敲小腿，但还是替她难过。这就好比梦想一下子像肥皂泡一样破裂了，当然是一件很扫兴的事。

　　维也纳现在还热得离谱，比七月还热。我们明天下午要去老多瑙河那儿，据说那儿很美，水也很清，肯定比科姆巴赫的老池塘要漂亮很多。"我们"是指我、法毕安和阿吉。我还有一点点幻想，思凡没准也会跟着一起去，那我就要让他看看我的泳技。虽然已经很久不训练了，但是蝶泳我还是很有把握赢他的。就是我的胸部太平坦了，而且穿泳衣比穿平常的T恤更可怕。

说到恋爱，外公，你是不是爱上了你们新来的医师助理玛丽？我觉得很不错呀，就是千万别让玛塔知道了，不然她肯定会拿着敲肉的木槌或者切面包的锯齿刀威胁你的，她肯定受不了你喜欢别的女孩。

好好的，外公。回头见！

                        你的艾么

另：给我寄一张你现在的照片吧，戴着新眼镜、刮了胡子的样子，这样我想你的时候就会想到你最近的模样。

我最亲爱的艾么：

　　你怎么会有这么奇怪的想法，认为你的老外公会爱上一个不到二十岁的年轻姑娘？然后玛塔还拿着敲肉的木槌或锯齿刀威胁我？你觉得我的母老虎管家会因为嫉妒而动手打我吗？不过我真没打算谈恋爱。这太搞笑了！说到嫉妒，看了你的信，我倒有点嫉妒那个思凡。我忽然想起自己十五岁时候的事情。那时候我的脸也长得很残，还戴着一副眼镜，一直要不停地去扶，但是那时我身边可没有人觉得我可爱，更没有像你这么优秀的女孩出现。不过我也爱上了一个比我大的女孩，而且不止大两岁，我觉得她那时可能有十九。她是我们那栋房子里裁缝师傅的女儿，叫璐德。我每两天给她写一封押韵情诗，表达我对她的爱意。这些信我是在父亲的老式打字机上打的，信纸周围还镶着红色的边。我把每一封信装进信封，贴上邮票，然后投到马路拐角处的邮筒里。我当然没写是谁寄的，只在诗的末尾注上"一个仰慕你的陌生人"。我整整写了一年！直到有一天，璐德跟一个叫伯格纳的年轻人订婚了，他也住在我们那栋房子里。然后我就写了一封长长的告别书，警告璐德要远离她的未婚夫伯格纳，因为她像小精灵般的心灵与伯格纳的粗俗完全不配。我甚至在信里让璐德跟伯格纳解除婚约，以免遭受不幸。

投出这封信两天以后，我们住的那栋楼简直炸了锅，应该是一个上午，我那时还在学校里。吃午饭时，母亲告诉了我和父亲上午发生的事：原来，伯格纳大叫着去敲邻居安续先生家的门，然后就给了安续一个响亮的耳光，说因为安续警告璐德远离自己的未婚夫。伯格纳还说，如果安续胆敢再给璐德写情诗，他就不只是耳光伺候，还要把他打个半死甚至要送医院不可。可怜的安续当然申辩说他没给璐德写情诗，而且也根本不知道伯格纳在说什么，但是伯格纳压根儿不相信他。连我母亲都认为是安续干的，因为整栋楼里只有他一个成年单身男子，而那些情诗又一定出自这栋楼里的某一个人。母亲甚至大笑着给我们读了情诗里的几行文字，比如："楼道里，充满了你温柔的香气"，或者"花园里传来你的声音，甜蜜而温馨，我想在这里等你，心底泛起涟漪"。母亲还说，这些都说明诗人就住在这栋楼里，你看他在楼道里闻见璐德的香气，还听见她在花园里的声音。

我父亲大笑不止，连桌子都跟着晃动。然后我母亲又朗诵了好多信里押韵的句子，我忽然明白，整栋楼里的女人都看过这些信，都以为是安续写的爱情誓言，都嘲笑过不止一次。我想，这大概是我一生中最大的耻辱。

但我怎么会给你讲这些老掉牙的故事呢？可能是没什

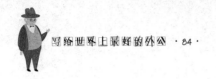

么新鲜事发生吧，现在的生活只有工作，而且工作越来越多，也可能是因为我越来越上年纪的缘故。每天晚上下班后我都累得精疲力尽，要鼓好大的劲，才能带狗狗出去遛个弯。狗狗总是坚持把狗绳放到我拖鞋前面，叫着让我带它出去。

昨天晚上我带狗狗出去散步的时候碰到丹妮拉了，其实不是真的碰到，只是远远地看到她。就在教堂后面的墓地前，安放灵柩的那个厅旁边，丹妮拉跟长着一对招风耳的面包师库特在那儿，很亲密地拥抱着。首先，我觉得拥抱得选个别的地方，而不是灵柩厅旁边，其次这种拥抱对丹妮拉来说好像太早了，那是一个很亲密很亲密的拥抱，让人觉得招风耳不只是想亲一下丹妮拉，而是想得到更多。别误解我，我不是那种头脑狭隘的俗人，但是丹妮拉才十四，她还太小。我已经想过了，不只是因为丹妮拉的事，我接下来要跟附近技校的女校长谈一下，看看是不是每星期到学校提供一次个人咨询，学生们可以单独问我关于青春期的问题，这样他们可以坦诚地跟我讲自己碰到的问题，而不是像每年的公开性教育讲座那样，所有人都遮遮掩掩地不敢说什么。你觉得我这个主意怎么样？

糟糕，电话铃响了，我估计又得出门。

……

是库格勒太太生病了，她儿媳打来的，说婆婆一早就开始喘，现在快半夜了，她才突然意识到喘可能很危险。也可能她觉得我这个老大夫很喜欢半夜出诊吧。

回头见！

　　　　　　　　　　　　　　　你的外公

另：我刚从库格勒老太太那儿回来，情况不像她儿媳说的那么糟糕。回家路上我突然想起来，差点忘了跟你说，你要为自己的平胸感到高兴。如果女孩在你这个年龄就发育得很丰满，成年后多半胸部太大，会很不舒服。有

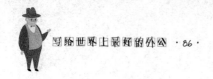

不少这样的人来我的诊所，询问如何缩小胸部、减轻负担。记住，乳房发育越晚，以后会越好看！

又：按摩店的惨败你妈妈已经跟我详细说过。我一点都不替她难过。一开始我就对她说，她那个合伙人不是认真的。但是你妈妈当然不听我的，还说我突发奇想，主要是不想给她资助。希望她很快能找到合适的工作，在家当家庭妇女可不适合她。

还有：写这封信时我还没有拍戴新眼镜、刮去胡子的照片，一次性相机坏了，昨天玛塔用普通相机给我照了一张，但我得等到胶卷拍完才能送去冲洗，还需要一些时间。不如你来看看我吧，下个周末或者下下个周末？我可以在你星期六放学后去维也纳接你，然后星期天晚上再把你送回去。

宝贝，我喝的啤酒起作用了，现在手指像灌了铅似的抬不动。

抱抱你。

10 月 9 日　　星期五

我最爱的外公：

　　我本来下定决心收到你的信后马上回复，可是现在又让你等了一个星期。不过相信我，我现在真的很忙，学校里的功课不像我一开始想象的那么简单。

　　功课难度上并没有超出我的能力，但是老师布置了太多的家庭作业。我还报了许多课外活动，比如爵士舞、舞台剧、电脑课、篮球、陶器制作，然后音乐老师还让我参加学校的摇滚乐队，说乐队里现在还没有一个女生。音乐老师说现在讲究性别平等，所以必须得有女孩子加入。我本来答应了，因为我觉得打架子鼓很酷，可以把心里很多

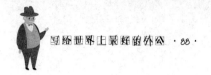

蠢蠢欲动的想法都用打鼓表现出来。可是乐队里架子鼓数量有限，他们不让我打，而且还试着说服我唱歌。音乐老师叫乔，他说我的声音很美，只要放胆去唱就行。不知道他说的是真是假。

下午的体育课也是必修，每天都有不同的运动，回家还得完成家庭练习。学校开始规律上课后，下午去阿吉家玩也泡汤了，我们只有周末才能一起做点什么。我现在几乎见不到思凡了，因为他周末总是去他同学家，同学的父母在布尔根兰①的新锡德尔湖边有自己的农舍。

但是很快就是秋天了，现在的好天气估计也持续不了多久。如果秋天刮风下雨，估计没人会去乡下农舍。阿吉告诉我，思凡喜欢下棋，但是没有好的对手，所以我就让爸爸教我下棋。我已经学了两个小时，爸爸说我下得真不赖。爸爸的牙痛也自己好了，没去看维特尔的牙医。

---

① 布尔根兰位于奥地利最东部，与匈牙利接壤。

外公，你觉得一个女孩因为喜欢一个男生而去学下棋，这件事是不是很蠢？我自己觉得挺蠢的，反正我没告诉爸爸为什么要学下棋。我发现，如果做一件事情时要掩盖真实原因，就会变得有些拘谨。做一件自己都觉得愚蠢的事会变得很不自在，是吗？

但是我想想又觉得挺美的：在一个下雨的星期天，思凡在家百无聊赖的时候，阿吉对他说，去跟一莉亚下盘棋吧。

外公，我忘了告诉你了，现在所有的朋友都叫我"一莉亚"，我的作业本上也都写着这个名字。我没让大家这么叫我，只是给他们讲了外婆的故事：你刚认识她的时候，她说她叫"一莉亚"。大家觉得这个名字很好听，也很适合我，我也觉得不错。不过外公，你还是叫我"艾么"吧。对"小妖精"来说，我的这个新名字简直是"天赐良机"，她现在谈论我的时候都是说"以前叫艾玛的一莉亚女士"。

　　外公,你有没有看错啊?你真的看见丹妮拉跟库特在灵柩厅前拥抱?这不可能!没准黑灯瞎火你又戴着新眼镜没看清楚?库特这样糟糕的人全科姆巴赫也找不出第二个。我真无法想象一个女孩会被他拥抱,简直恶心死了。库特不但长着一对招风耳,而且一脸脓包,鼻子像个大蒜头。关键是他就是一个草包,卑鄙无耻,没人愿意跟他来往。丹妮拉尤其讨厌他,去年还往他头上浇了一桶脏水!事情是这样的,丹妮拉发现库特晚上越过她家的栅栏,穿过蔬菜园,然后溜到她的窗户底下,蜷缩着身体看她睡觉前脱衣服的样子!泼水是我出的主意。我让她准备好一桶水,听到窗外有窸窸窣窣的声音时,拿起桶,打开窗瞬间泼下去。

　　我本来只让她用普通的水,但是丹妮拉改良了我的主意,把晚饭剩的残渣也倒进了桶里,就是盘里锅里剩的所有食物残渣,比如面条、肉块、土豆汤、洋葱圈、豆角沙拉、西红柿片,其他还有什么我就不知道了。不过因为那个傻瓜不是每天都去，垃圾桶就在丹妮拉房间放了一个星期，里面的东西都发酵了，丹妮拉也没注意到。一天晚上，窗口又有动静的时候，丹妮拉悄悄地溜到垃圾桶那儿，掀开盖子以后，发现水面上有一层厚厚的发酵物，味道奇臭无比，丹妮拉差点吐了，不过她很勇敢地抓住桶把手，把脏水从窗口一股脑浇了下去。

可惜我当时没看见那个傻瓜被浇污水的样子，一直到今天我还觉得可惜。丹妮拉第二天跟我说了库特的狼狈样：面条挂在招风耳上，豆角沾在脸上，洋葱圈扣在鼻子上，土豆片贴在额头上，头发上还有一些脏泡泡，然后全身滴着水，张大嘴巴站在那儿。库特一开始还不知道发生了什么，等回过神以后就开始破口大骂，然后越过菜园子逃跑了，像一只挨了枪的野兔。就这么一个蠢货，丹妮拉会让他拥抱亲吻？如果真的是这样，那说明我离开科姆巴赫以后，丹妮拉确实变傻了。

外公，去学校做个人咨询不错，但我觉得有个问题。

如果哪个学生去找你咨询，班上其他人马上就会知道，然后会说"某某某去做性教育咨询，她（他）肯定跟谁有什么事情，不然也不会去问医生"。因为谁都不愿意被栽赃，到最后可能没有人敢去找你，虽然其实很多学生都想得到真正的咨询。我想，也许你可以去学校开一个普通的家庭医生门诊，然后有需求的男生或女生就会说"我嗓子疼，下去看看大夫"。

最后还有关于玛塔的事，我说的一定是对的。你难道不知道你是她的挚爱吗？别装糊涂，你心里一定清楚。她也知道三十年来她根本没有机会，但这并不影响她吃你身边女人的醋。你可以问问我妈或者我爸，或者其他认识玛塔的人。如果有哪个年轻漂亮又是单身的女病人常来找你，每次又待得很久时，玛塔在厨房知道后就会说"那个'妖精'哪儿都没毛病，就是来'套近乎'的"。玛塔甚至怀疑过可怜的石兰太太，说她给你"抛媚眼"。石兰太太生癌症过世后，妈妈对玛塔说："这回你相信石兰太太是真病了吧?"玛塔狠狠地瞪了妈妈一眼:"生病的寡妇也有求婚的想法。"

我最亲爱的外公,我当然想亲自去看你!但是明天就是周末了,有些来不及,然后下个周末我要去法毕安的生日聚会,再下个周六下午是我们的首场篮球比赛,对手是BG 17队,我必须参加。妈妈说我们可以11月1日万圣节去科姆巴赫,她可能今天或明天就给你打电话说这事。妈妈有没有跟你说她上星期开始上一个烹饪课?她学得很卖力,想努力成为一个好学生。昨天下午我上完体育课回来,妈妈站在厨房里,周围摆满了锅碗瓢盆,里面全是白色的糊糊。她递给我一碗,一边让我尝尝,一边欢呼着:"噢,成功了,成功了,现在完美出炉,无小颗粒,香浓缤纷,堪称星级厨艺!"

妈妈最近有些疯疯癫癫的,但是爸爸不让我打击她,说妈妈正经历按摩店泡汤的打击,用那些锅碗瓢盆做糊糊能帮助她安全度过这次危机。

　　车库里的小老鼠怎么样了？已经长大离开老鼠窝了吗？阿莱克斯怎样了，还在科姆巴赫吗？我已经好久没有他的消息了，我妈前两个礼拜也没见过他妈妈。

　　谢谢你安慰我平胸的烦恼。我知道你是好意，但是我还是不能接受。我看过妈妈像我这么大时的照片，用她自己的话说，她那时候就"峰峦秀丽"了。妈妈现在都三十八了，她的"峰峦"既没有长成大山，也没有塌方凹陷。

　　外公，爸爸在他房里叫我过去下棋。先写到这儿。

　　吻你一千次！

　　　　　　　　　　　你的艾么

　　另：虽然我不认识玛丽，但请替我问候她！当然也问候玛塔。

10 月 15 日　　星期四

亲爱的艾么:

　　谢谢你给我写了这么长的一封信。如果你不能及时回复，不用每次都跟我道歉。你已经是外孙女中的楷模。其他外公顶多圣诞节或过生日才能收到外孙女的卡片，但是你不一样，虽然才搬走两个月，给我写的信已经有厚厚的一沓了，我把它们都放在书桌左上角的抽屉里。作为外公，我还能要求什么呢!

　　宝贝，这次我要给你写一封短信，我这两天身体不太好，可能是沙门菌引起的肠道感染。今天虽然还是在床和厕所之间不停地跑，不过已经好多了。估计是昨天在老山

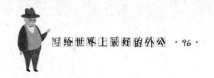

蛋糕店吃的提拉米苏甜点引起的，也可能是在下村的小饭馆吃的鸡腿的缘故，或者是这家倒霉饭馆里别的食物引起的。玛塔去了慕尼黑三天，她的叔叔过世了，所以我那几天就在外面"打游击"。她昨天早上回来后，看见我这副样子，好像马上要给我准备后事似的。如果这会儿她看见我坐在书桌前而不是躺在床上，一定又要给我上一课！她"爱"我可能是真的，但充其量像一个母亲对待没长大的孩子，我今天刚跟她大吵了一架，原因是她逼我喝一种很奇怪的汤。她把汤放到我床前，盛了满满一勺放到我嘴边，然后说"张开嘴，咽下去"。我实在受不了，就粗鲁地对她说："马上拿走，连人一起离开这个房间，不然我就动手了。"而且我还对她说了很过分的话，到现在都觉得后悔。我说她早就过了退休年龄，最好去找个养老院清净清净，别在我这儿烦我。我今天必须得跟她赔不是，然后想办法和解。

　　现在来回答你的问题，过会儿我再去躺着。小老鼠们

消失了，轮胎后面只剩下空的老鼠窝。阿莱克斯还在这
儿，关于他、他爸爸还有他继母的传言互相矛盾得很，玛
塔说继母已经回来了，小饭馆的女主人说还没有，所以我
也不比你多知道多少。我的新眼镜没问题，灵柩厅旁边摸
丹妮拉的那个男人一定是库特，这是毫无疑问的事情。关
于去技校开咨询的事，你说得可能有道理。不过女校长压
根儿就不同意我这个提议，所以也不用考虑了。女校长说
科姆巴赫的家长肯定不同意开性教育咨询，他们太保守
了。你为了引起思凡的注意而学下棋，我觉得这事不错
啊。下棋是一个很好的活动，如果你学会了，下次来看我
的时候，可以跟我下啊，我已经很期待了。我肯定不会叫
你"一莉亚"的，因为我的脑子里已经把这个名字跟你的
外婆联系在一起了。我们教堂的牧师早就说过你的声音很
美，他非常想让你做教堂合唱团的女声独唱，这的确是真
的。关于你妈妈的"峰峦"我可以告诉你，我女儿在你这
个年纪时喜欢戴一个很硬的文胸，里面塞满了棉花。如果

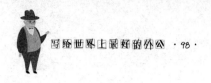

不这样的话，她那时跟你一样是平胸。

　　嗯，我脑子里、肚子里已经很不舒服了，现在得上床睡觉。

　　回头见！

　　　　　　　　　　你的被沙门菌侵蚀的老外公

10 月 19 日　星期一

我最亲爱的外公：

　　你的信今天上午才到，所以直到我半小时前放学回家，拆开你的信之前，都不知道你感染了沙门菌，而且一直躺在床上。外公，你疯了吗，为什么不给我们打电话？而且玛塔还不在家。妈妈要是知道，一定会冲过去的，不过她刚在电话里已经说过你了。还好你已经慢慢恢复了，不过别太草率，又马上开始工作，让旭村的医生先替你一个礼拜吧。

　　再过两个小时我还得去学校，今天是陶器制作课。课上大部分同学做碗时都是用黏土长条做成一个碗的形

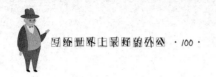

状，然后再用湿手在碗的表面不停涂抹，直到形成一个光滑的表面。但是我稍微动了一下脑筋，直接在制陶自动转盘上学习做陶器。这个方法好难啊！你得花很长时间才能控制住不停转动的黏土团，尽量让它成形，而不是歪歪扭扭地乱晃，然后掉下来好多黏土块，在转盘周围乱飞。

　　妈妈说午饭要一个小时以后才好，而我现在肚子已经咕咕乱叫了，声音响得像十个生锈的门闩。自从上烹饪课以来，妈妈每顿饭都要做半天。不过她现在做出来的东西已经很棒了，今天说是有羊肉里脊和焦皮土豆，后面还有一个什么要在烤箱里发起来的东西。希望我走之前能做好。昨天晚上爸爸满腹狐疑地说："太太的按摩店像肥皂泡一样破灭之后，估计现在又要吹一个大大的餐馆肥皂泡。"妈妈肯定不会的。不管怎么样，现在家里的厨房整天都是香喷喷的，爸爸应该感激才是。

　　外公，明天早上我要去见我们的校长先生，是被叫去谈话。因为"小妖精"摔倒了,"声称"是我的责任。我说"声称",因为不是每个绊脚的人都会摔倒。

事情是这样的:我跟阿吉站在教学楼二楼最上面的一级台阶上,正靠着墙等法毕安,他去秘书那儿交一个什么证件,然后我们一起去绘画室。这时,"小妖精"跟她的一伙人从三楼下来了,她看见阿吉,就挤眉弄眼做鬼脸,还一边把"爪子"放在脸前晃悠一边大喊着:"什么时候颁布一条法律,把所有爱吃大蒜的人都赶出这个国家?"

阿吉很喜欢吃蒜肠,也喜欢吃大蒜奶酪酱,所以总带这样的东西当课间餐,但这还不是火药桶。阿吉的妈妈是塞尔维亚人,然后那些笨蛋骂南斯拉夫[①]人是"吃大蒜的"。阿吉当然忍受不了这种歧视外国人的说法。"小妖

------

① 南斯拉夫是1918年至2003年存在于南欧巴尔干半岛上的一个国家。原领土包括波斯尼亚和黑塞哥维那、黑山、克罗地亚、马其顿、斯洛文尼亚和塞尔维亚六个共和国。

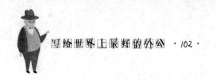

精"从我们身边走过去时，我稍微伸了一下右脚。每个有平衡能力的人都会跟跄一两级台阶后重新恢复平衡，但是"小妖精"笨手笨脚地从台阶上滑翔出去，在空中翻了一个难看的跟头，继续翻滚到一楼，然后像一只被压平的蛤蟆似的躺到地上。"小妖精"的同伙发出大声的尖叫，然后那个很蠢的伊莲娜（"小妖精"那一派的）说，她清楚地看见是我绊了婷莫一脚。

没过一会儿，急救人员就赶到并把"小妖精"送到了医院。她那些同伙以为她会脑震荡或者骨折之类的，但是"小妖精"当然一点问题都没有。不过刚才的尖叫传到了校长室，校长走出来后，伊莲娜马上向校长汇报，说是我把婷莫绊倒的，所以校长让我第二天早上八点去谈话。

现在我不知道是不是要否认这件事，说不是我伸出脚绊倒的（反正也没人可以证明），还是直接告诉校长，我觉得说歧视外国人的话，从七层楼摔下去也活该。我不认识校长，不知道他会怎么想。爸爸应该认识他，可能会告

诉我怎么说合适，但我不知道应不应该把这件事告诉爸
爸。如果是学生之间吵架打架的话，爸爸一定会站在老师
那一边。我敢打赌，如果告诉爸爸，他的第一反应一定是
皱着眉头数落我："刚转到新学校几个星期，就被校长叫
去谈话，这对一个教师的女儿来说可真是记了一个大功！"

　　说来也巧，这么蠢的一件事竟然发生在校长室门口，
以至于惊动了校长大人。要是"小妖精"从五楼滚到四
楼，顶多会被楼层监管发现，昨天刚好是斯坦纳博士值
班，她一定不会去告诉校长的。而且，从五楼到四楼
"小妖精"也不会假摔个半死，她那个滚到一楼的动作就
是做给校长看的。几分钟前，我刚看到她和她妈妈一起
穿过马路去公交车站，她走路的样子看上去一点问题都
没有。

　　恰巧跟"敌人"住在同一幢楼里，而且直接住她楼
上，我算是倒霉到家了。这栋出租公寓楼很不隔音，我要
是不想让邻居听见我说什么，就得压低嗓门悄悄说话。要

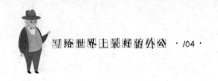

是在科姆巴赫，我得放一个高音喇叭，才能让邻居听见我说的话。前几天晚上我上厕所时，忽然发现手纸只剩下一点点了，就对客厅里的爸爸大喊，让他拿一卷新的手纸过来。结果第二天早上我到班里时，"小妖精"和伊莲娜二重唱似的对着我喊："爸爸爸爸，手纸没了！爸爸爸爸，手纸没了！"

手纸的事至少还是真的，这个可恶的"小妖精"有时候还杜撰一些自认为听到的内容。昨天皮特（比较规矩的那一派成员）问我，我父母是不是很可能要离婚，因为婷莫到处传她半夜听到楼上的房间里有夫妻吵架……法毕安告诉我，婷莫课间的时候还对她的小跟班们说，她妈妈偏头痛时，我故意把家里所有的门开了又关，关了又开，就为了让她妈妈的头疼更加厉害。天哪，我连"妖精妈"有偏头痛这件事都不知道，这简直是无中生有！

哦，妈妈的羊肉里脊做好了，我得马上去吃饭。妈妈说八分钟后甜点也好了，我得马上吃，不然发起来的甜点

会塌下去。外公，好好休息，多保重，亲你一千次。

你的艾么

另：妈妈也寄给你一个深深的吻。

10 月 21 日　星期三

亲爱的艾么：

　　你觉得我已经成了一个颤颤巍巍、弱不禁风的老头，以至于不停地让我多休息、多卧床？对不起，我真的无法听从这些建议。而且旭村的大夫前天刚去休假，他早就该休息休息了，所以他不可能替我，而且相反，我得代替他做他的工作。

　　不过没关系，我能搞定，况且还有热情善良的玛丽帮我。她真的很不错，也非常独立。我担心她在我们这种小地方待不住。对一个热爱工作的年轻姑娘来说，科姆巴赫确实没有多大的吸引力。这里几乎没有任何变化，而且年轻小伙子也少得可怜，几乎没有人能让玛丽觉得看对眼，然后可以下班以后一起做点什么。

去校长那儿谈话谈得怎么样了？我不想对你进行道德说教，但那个歧视外国人的笨女孩，就算她从楼梯上翻个跟头下来，也不会变得多聪明，顶多让她出问题的脑袋再少一根筋。另外，"私刑正义"本身不是一件好事情。

我跟玛塔说你在学习陶器制作，玛塔提醒我阁楼上还有一套陶工转盘，几乎是崭新的。在你还是婴儿的时候，你妈妈买了这套转盘要学习做陶器，但是失败了几次后就没有再碰过。你想要这套转盘吗？就是体积很大，邮局肯定寄不了。如果你们万圣节过来的话，可以装到车里带走，拆了的话肯定能放进汽车后备箱里。

你们要是能过来的话，我会很开心的，但我觉得你爸妈可能根本不想来，因为万圣节你的莉莎阿姨一家也来，包括安特姨夫和彼得表哥。他们几个星期以前就说了要过来，我总不能现在告诉他们别来，我又没跟我的女儿莉莎

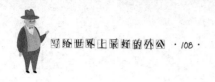

吵崩。但是我必须告诉你妈妈，如果来的话，会碰到姐姐一家也在科姆巴赫。玛塔本来建议给你妈妈一个惊喜，让她到了之后才发现莉莎也在。玛塔希望她们姐妹俩可以和好，但我觉得这个主意不行。

这两年我一直试图让我的两个女儿和好，但始终没有成效，慢慢地我也觉得累了。现在，我必须接受这样的事实，我的两个女儿自从两年前大吵一架后再也没有来往。不过说真的，我真的没法理解她们为什么不愿意和解。

当然，她们俩一直不太合得来。从小她们就天天吵架，什么都吵。甚至有一年过圣诞节时，你妈妈在许愿卡上写着："亲爱的上帝，你不用送我什么礼物，只要把我可恶的姐姐带走就行！"

有一次，你妈妈甚至拉了三个男生组成"揍援团"，一起来打她姐姐莉莎。作为报酬，她承诺给每个男孩分一节姐姐的玩具火车车厢。就像你在学校绊了那个女生一脚一样，你妈妈甚至每个星期至少绊一次莉莎，而且还经常把蜘蛛、地鳖、椿象等小虫子放到姐姐的被窝里。

当然，我也不是说莉莎就是个小天使，但是她总是把各种屈辱一个人静静地咽下了，以至于她妈妈把她当成了天使。我觉得这不公平，就经常护着你妈妈，慢慢地家里就分成了"妈妈和姐姐"以及"爸爸和妹妹"两个阵营。自从你外婆过世后，莉莎就觉得自己成了孤儿，当然这也跟她去因斯布鲁克上大学搬走有关，而你妈妈一直留在我的身边。我对莉莎所有的努力和劝说都无济于事，她一直认为我只喜欢可恶的妹妹。当然我爱你胜过爱她儿子彼得，这也是显而易见的，我没有为自己辩护。我一年顶多只见两次彼得，而你整整十三年都待在我身边。况且彼得也有些无聊，不是那种人见人爱的孩子。

艾么，我承认希望你们推迟来科姆巴赫的行程，这样好让我万圣节清净点，不至于看两个女儿像母鸡一样争斗，不过不要告诉你妈妈，她可以自己决定到底来不来科姆巴赫。我的午休时间结束了，五分钟后就又得去

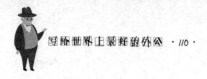

诊所。

　　抱抱你，回头见。如果万圣节不行，就之后的那个周末见!

　　　　　　　　　　你的外公

10 月 26 日　星期一

亲爱的、帅气的好外公：

你真的全好了吗？所有不舒服的感觉都消失了，从头到脚完全康复并且精神焕发？此外希望你也不用吃那种减肥粥了。

我跟校长的谈话没什么要汇报的，因为根本就没谈。

那天早上八点，我惴惴不安地走进校长办公室，不知道该怎么为自己辩护。我在那儿站了好几分钟。校长秘书一会儿盯着电脑，一会儿又盯着我，然后问："孩子，你在这儿做什么？"

我回答："校长让我八点来找他谈话。"

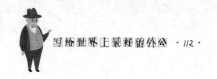

校长秘书说:"孩子,一定是搞错了。校长今天去部里了,要将近十点才回来。"然后她又笑笑说:"校长有时候也搞不清楚自己的日程安排。"

校长秘书还问我有什么重要的事情要让校长帮忙,我说不不不,我还有时间。校长秘书说等校长回来了,她会转告校长我来找过他。

等我出了门,才想起来我根本没告诉校长秘书我的名字和班级,而且校长那天也没问过这些。

后来我跟阿吉和法毕安说这件事情的时候,他们认为我其实根本没有必要去校长办公室。首先,健忘的校长接下来肯定见不到我;其次,就算他在走廊上再碰到我,也想不起来我是谁;再次,就算他想起来了,我还是可以说,自从上次去汇报以后,就一直等着校长再找我去谈话,但是直到现在也没人叫我过去。

外公,陶工转盘我很想要,但是妈妈极力反对,她说如果有了转盘,我的房间会变成一个陶器工场。

妈妈可能已经在电话里说过，我们万圣节不去科姆巴赫了。她对爸爸说："我差点就把我姐的两天假期给搞砸了。"然后爸爸给妈妈上了长长的一课，说血浓于水、亲情无价，就算她不喜欢姐姐，也应该爱她。她的姐姐莉莎虽然在继承凯特姨母的遗产方面有些幼稚，但是妈妈还是应该原谅她。可是妈妈说姐姐莉莎就是个"遗产马屁精"，她这辈子都不打算跟她说话了。我真的不明白，凯特姨奶不是把钱都给我了吗！妈妈没有拿到，是因为钱存在银行里，一直要等到我成年，才可以连利息一起取出来。这件事上，顶多彼得表哥会生我的气，因为他什么都没得到，不过他们家的钱本来就比我们家的多好多！

不过万圣节不去科姆巴赫，我其实觉得也不错。因为如果去的话，我一定会想跟你多待会儿。可是彼得表哥一定会缠着你，莉莎阿姨会跟你啰唆半天，安特姨夫又会吹嘘他的生意有多成功，然后你就没有时间陪我了。想到我终于可以见到外公，但又要跟一堆亲戚分享共处时间，这

当然会令我感到有些不情愿。

外公，你知道吗，我已经跟思凡下了三次棋了！每次我都得聚精会神，但这很不容易，因为我跟思凡坐在那儿头碰头盯着棋盘时，我脑子里总是糊糊涂涂的，好像全是一片片粉红色的云。不过我下得还可以，因为思凡也不是什么象棋大师。

最开心的是，我们下完棋后常常聊天，他完全不把我当小孩子对待。相反，他已经告诉了我很多他自己的烦恼，而且还是挺大的问题：比如单相思一个十七岁女孩；跟妈妈总没完没了地吵架；如果不阻拦，弟弟总偷他的零花钱；爸爸只顾着自己的工作，完全没时间陪他。思凡觉得整个生活都没有意义，他不知道为什么要来到这个世界，这个世界为什么要存在。

思凡从不跟阿吉说这些事情，因为阿吉根本不肯认真对待哥哥，而且还总是嘲笑他。有一次阿吉对我说："别总听那个家伙抱怨，他老觉得自己受苦受难的，其实根本没什么。"她还说，她妈妈已经对思凡足够耐心了，弟弟也只从他裤兜里拿过一毛钱。他如果不想上学，大可以不去，又没人逼他。唯一的真话可能是爸爸没有时间陪孩子，不过大部分挣钱很多的爸爸应该都这样吧。阿吉也受不了思凡说生活没有意义，"实际上他每天过得可舒服了"！如果很热爱生活，生活当然有意义，思凡还没有蠢到不明白这一点。他只是享受自己不被理解的感觉，然后又在我这儿找到了倾听的对象。

看来兄弟姐妹都是这样吧，几乎没有真正互相喜欢、互相理解的。我庆幸自己是个独生女。

另外，你说科姆巴赫没有年轻小伙子可以跟玛丽谈恋爱，这怎么可能呢？外公，你搞错了。那个建筑公司的年轻经理就是一个人选啊，他看起来好帅，像电影明星似的，而且还有一辆顶级宝马，肯定很有钱。女孩子都追他呢，不知道你的玛丽有没有机会，或许她也有明星气质？

前天跟 BG 17 队的篮球比赛我们输得好惨！但不是我

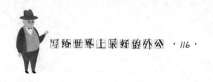

的责任，体育老师后来说，我是全队混乱中唯一的亮点。体育老师很喜欢我，可我就是不喜欢她，尤其当她把我夸得天花乱坠时，我觉得极不舒服。她每次表扬我时，同时也打击别人，比如她常说"今天只有一莉亚能跳到绳上去"，或者"要是没有一莉亚，我对你们这些笨学生真要绝望了"，还有"别歪歪扭扭的，像只瘸腿鸭子，看看一莉亚怎么跑"。

我也不喜欢老师让"小妖精"以我为体育课榜样——我什么也没做，却陷入了一个很糟糕的处境，好像我故意在老师那儿争宠似的，尤其是面对我不喜欢的一个人。接下来我得对体育老师做点什么，让她改变现在的状况。

其他还有什么要汇报的呢？上周末是法毕安的生日聚会，我送了他三公斤的小熊软糖，法毕安很喜欢吃这个。然后我还送了他一支钢笔，他原来的那支钢笔有个裂缝，用橡皮膏包着，流出来的墨水常常把手指染成蓝色。法毕安的妈妈在一个超市卖香肠，没什么钱，而且法毕安的父

母离婚了。他爸再婚后又生了两个孩子，所以也没什么钱
给法毕安。他跟妈妈住的房子小得可怜，只有两个很小的
房间，一间妈妈住，一间给法毕安，所以法毕安生日只邀
请了我、阿吉和他的一个表弟，但是我们玩得很开心。法
毕安妈妈做的蛋糕好吃极了，我妈就是再上十次烹饪课也
做不出来。

给法毕安的钢笔不是我花钱买的，我没有那么多零花
钱。我看见妈妈有九支钢笔，从来不用，所以就拿了一支
送给法毕安，但我没告诉妈妈。外公，这很糟糕吗？可是
如果我问妈妈，她一定会说："不要送给穷人太贵重的礼
物，不然你过生日时，他也得买同样贵重的东西。"以前
每次丹妮拉和米西过生日的时候，她都这么说。但这好像
有点问题。照这个办法，有钱人的东西会越来越多，而没
钱的人只会得到廉价的小玩意儿。我反对这种做法！

外公，希望你挺过"万圣节入侵"。妈妈刚才来我的
房间时，我说在给你写信，她特地让我跟你说转告玛塔万

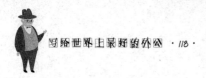

圣节时做烤猪肉、土豆球加酸菜沙拉，因为莉莎一吃这个

就胃痛……

　　今天就写到这儿。

　　　　　　　　　　　　　你的艾么

11 月 3 日 　星期二

我最亲爱的艾么：

　　我的节日访客刚刚离开。本来他们想昨天晚上走的，但是莉莎还想看看她的好朋友艾薇家的七个孩子，然后一聊天就忘了时间。他们昨天赶着回家的话，要半夜以后才能到家，后来就决定再多住一个晚上。彼得这次也带了一个好朋友一起来，由于晚走，也特地征求了这个男孩父母的同意，因为今天学校已经开学了。

　　现在，所有的客人终于都走了！我很礼貌地跟他们挥手道别后，就赶紧回来给你写信，"万圣节入侵"的时候可真没时间写。我这个外孙为了不觉得无聊，特地带了一个朋友一起来，他们俩真是让我精疲力尽：整整一天再加半个晚上都在看电视，而且还不停地大口大口吃蛋糕。可怜的玛塔一直在做蛋糕，一个蛋糕刚从烤箱里拿出来没一会儿，就被两个小子三下五除二全部干掉。你这个表哥明显地胖了，他从年初到现在至少长了五公斤。我跟他妈妈特地说了这事，但莉莎轻描淡写地说这只是婴儿肥，说不定什么时候就会消失的。一个十六岁的少年还有婴儿肥，这么说好像不太明智，但我可不想跟我的女儿吵架。总的来说，这次团聚还算和谐。就是你这个表哥不停地放屁，又响又臭，每次把客厅弄得乌烟瘴气时，他妈妈就取笑他："你这只小猪，呸，羞不羞?"这个小胖子不停地吃发酵面粉食物，又完全不运动，不放屁才怪呢。你姨夫这次几乎没说他的生意，只说了他的胆固醇水平，还教育我怎样防止胆固醇过高，好像他比我这个乡村老大夫更懂似的！他比你爸还能说教。

告诉你妈妈，玛塔没做烤猪肉、土豆球和酸菜沙拉，我被沙门菌侵蚀过的肠胃刚好，也吃不了这些东西，只能吃一些简单的食物。不过你姨夫肯定很乐意吃到这些大餐，他每天需要十瓣蒜来降低他的胆固醇含量。

对于"偷"钢笔的事情我只能从两个不同的方面来回答你：一方面是你不能拿属于别人的东西，即便是他拥有很多甚至根本不用的东西；另一方面你说的又有道理，应该把更多的东西送给穷人而不是富人。但是你为什么送你妈妈的钢笔，而不是你自己的呢？我记得你也有不止一支来着，是不是又弄丢了？

谢谢你提到那个建筑公司的经理，他两星期前已经跟林茨的一个律师的女儿订婚了。虽然他长得帅又有钱，但是好像脑袋不太聪明，太喜欢吹牛了。我们几个老伙伴晚上在小酒馆打牌时，有时候会碰到他跟几个朋友坐在邻桌。听他几次吹嘘自己的那些事情后，我对这个小伙子其实是很失望的。

我宁可建议玛丽去学个驾照，这样她就不必被拴在这

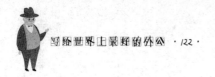

里，闲暇时可以开车到处走走。我的老敞篷车反正躺在车库里积灰，性能还是不错的，玛丽根本不需要自己买车。但有一点，就是她没有驾照的话，晚上没法去维特尔上驾校。那我就得每星期送她去两次，还得在咖啡馆等她下课回家。对我来说这也没什么坏处，又可以到人群中聊聊天。我本来就打算多去去维特尔，不然待在科姆巴赫这个小地方快被憋疯了。

天哪，已经过了十二点了，我得马上下去吃午饭，不然玛塔又会变成凶神恶煞。

还有一件事：阿莱克斯昨天被他妈妈接走了，据说他哭着不想走，不过不一定是真的。玛塔说这是从福昕太太那儿听到的，福昕是从白格太太那儿得知的，白格听谁说的我就不知道了。不过我今天下午去米西那儿时，准备问问阿莱克斯的事，他们俩总在一起玩。我每天下午下班后去探访米西的奶奶，她有胸膜炎，一直没好。米西对奶奶真好，他给奶奶读报纸，给她讲当天发生的事情，还给奶

奶端茶喂饭，我真没想到他会这么孝顺体贴。

抱抱你，我的宝贝。

你的老外公

11月6日　星期五

亲爱的外公：

　　今天这封不是真正的信，我也不去邮局寄，而是发传真给你，这样你很快就可以收到。我有一个很重要的问题：如果为了阻止一场不幸，能做一件不合理的事情吗？外公，求求你今天就告诉我你的看法，因为很着急。我要写一篇德语课的作文。

艾么

　　另：如果你送玛丽去维特尔回来很晚的话，请务必半夜也发传真给我，这样我至少明天早上就能知道答案。

11月7日零点十六

你好艾么：

　　你这个疯狂的小家伙，半夜还给一个老人布置作业！

　　幸好我晚上又去了一趟诊所，本来想兑一杯睡觉前喝的东西来。你忘了吗，传真机在诊所里，我平常只有上班时才会看看有没有"吐出"新的内容。按以往情况，你的这封传真我明天上午十点才会看到！

　　你传真里为什么问我这个呢？有关道德的问题，家里只有你爸爸才是最高权威，更何况你的问题是道德中的道德。

　　好吧，既然你问，我就试着回答。不过别指望我会给

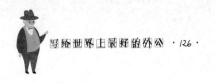

你写一篇完整的作文！

如果能够阻止不幸发生，当然可以做一些出格的事情，只有卑躬屈膝或者惧怕权威的人才会反对这样的做法。比如纳粹时代严厉禁止收留被追捕的犹太人，只有很少的人反抗这种威权做法，选择收留犹太人，让他们免于在集中营受死，这些人今天都成了英雄。刺杀本来是一件违法的事情，但是如果当时有人刺杀希特勒成功，今天一定会被看作英雄行为。

如果不讲伟大的英雄，而只是日常生活的话，可以举这样的例子：闯红灯过马路本来是被严格禁止的，但是如果一个小孩子站在马路中央，而这时一辆汽车正呼啸行驶过来，即便是再遵纪守法的公民，也不会等到变成绿灯再冲过去救孩子。还有，偷盗是违法的，但是如果有人快饿死了，我认为他这时偷食物吃是可以被原谅的。

对于任何一种禁令，总会存在一个合适的理由，人们有权违背这个禁令，不管这种做法是否理智或者正确。作

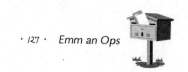

为单个的人，必须自己决定在特定情况下是否必须违背禁令。

这些够吗？

再详细点的论述我现在想不出来了。刚才看传真之前，喝了那杯催眠的饮料，现在起作用了。

你的外公

11 月 9 日　星期一

亲爱的外公：

　　写这封信好难好难，但你是唯一一个能帮我的人，所以我必须给你写这封信。

　　我撒谎了！我问的那个"道德问题"不是一篇作文，而是跟我有关的一件很重要的事情。

　　思凡有一个朋友叫安纳唐，这是思凡在这个世界上唯一真正喜欢并且关心的人。也可以理解，因为这个安纳唐很古怪，情绪经常像坐过山车似的忽高忽低。当他极度抑郁、情绪跌入低谷的时候，就会觉得自己是个失败者，甚至一无是处、人见人嫌，一心想着自杀。

上个礼拜又是这种情况。安纳唐对思凡说，下次数学考试如果他又是得到一个不及格，他就准备接受上帝的判决，用自杀结束这一切。

于是思凡决定每天下午跟安纳唐一起练习数学，好叫那个上帝的判决自动消失。但是学了一个下午后，思凡就觉得没法让安纳唐下次数学考及格，他实在是没有数学天赋，而且思凡也不完全熟悉安纳唐的数学课内容，因为安纳唐去的是另外一所中学，就是爸爸当副校长的那所学校，爸爸还是他的数学老师！

于是思凡让我去看看爸爸的书桌，找找 5B 班的数学考卷，然后把那些题目抄下来给他，这样他就可以跟安纳唐有针对性地练习。思凡还说，如果我不这样帮他们，安纳唐就有可能轻生自杀，那样的话我也有轻微责任。我不需要有顾虑，为了避免不幸的事情发生，人们可以稍微铤而走险，再说我做这种事可以说是小菜一碟，对谁也不会造成损害。

　　我不知道思凡说的是否有道理，因为去偷考卷对我来说绝非"小菜一碟"，所以我就给你发了传真。其实看了你的信，我仍然不知道该怎么办，星期六我反反复复地想了一天，星期天上午我跟阿吉和法毕安去游泳时，脑子里还是在想这件事。不过我没告诉他们俩我的问题，因为思凡说过这是我、他和安纳唐之间的秘密，任何第四个人知道了都会对这个计划造成威胁。我答应过思凡不说出去，所以就没有告诉他妹妹阿吉。

　　中午回家时我仍然一直在想。吃过午饭后，爸爸妈妈去爸爸的一个朋友那儿了，我一个人待在家，还继续在想那个问题。

　　我刚决定再给自己一晚上的时间，今天先去找阿吉聊天，明天再做最后的决定时，门铃响了。思凡竟然来了！他问我"事情怎么样了"。

　　我想找个借口岔开这个话题，就说我在爸爸的书桌上没发现考题，可能爸爸还没出完，或者放在学校教师办公室的柜子里了。可能我结结巴巴撒谎的样子太明显了，思凡完全不相信我说的话。他说："让我来找找看，我比警犬还厉害！"我懦弱到根本无法阻挡思凡进爸爸的房间，甚至还告诉他爸爸在哪间工作。其实我在心里苦苦地恳求爸爸还没出完考卷，或者把考题放在教师办公室的柜子里了。

可是在爸爸房间的书桌上整整齐齐地放着三个粉红色的文件夹，上面分别写着5A、5B和7C，5B的文件夹里放着厚厚的一摞考卷，爸爸已经给每个学生复印好了，安纳唐就是在这个班级。

我结结巴巴地说："一个、一个小时前，还没有这些、这些东西……"

"关键是现在有就行了！"思凡说着抽出了两份考卷，一份是A班的，一份是B班的。然后他走到过道里带传真机的电话那儿，随手复印了两份。他把原来的考卷塞到我手里，然后自己拿着新复印的两份走了，走之前还在我两

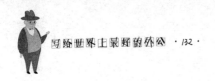

边脸颊上各吻了一下，轻轻地说："你真是个善良的小天使！"

我被这突如其来的行为吓呆了，已经完全没有兴趣去阿吉那儿。爸爸妈妈回来以后，我也试着避开爸爸，我没办法再跟他轻松聊天，好像什么事都没发生一样。

但是我仍然安慰自己说："假如安纳唐真的自杀，我的良心一定会感到无比愧疚，然后后悔本来可以阻止这一不幸发生的。现在这样总比良心愧疚好一点。"

但是今天早上去学校时，阿吉对我说："一莉亚，你知道吗，你正把你爸往火坑里推！"

阿吉告诉我，她昨晚偷听了她哥和安纳唐的对话，安纳唐坚持要把考题透露给全班同学，因为这样才算"团结"。还说，至于那个倒霉蛋数学老师，就用全班都考"优"来惩罚他，省得这个家伙天天吹嘘，说"我以前学校的学生可是比你们高出一筹"。安纳唐还说，这下倒霉蛋要碰到大麻烦了，全班同学都没出错，这可是件怪事。

校长一定会找他谈话，如果发现了事情的来龙去脉，一定会很尴尬，他总不能承认是自己的女儿偷了考卷给大家的，这太可笑了。安纳唐认为，这次可以给那个傲慢的家伙上一课，让他知道自己其实也是个草包。而思凡也跟着附和"酷毙了"，没多说一句"不行，这对一莉亚不好"。阿吉说，思凡只希望安纳唐从"低谷"重新回到"高峰"。

外公，我真的不想这样！

还有九天就是数学考试了！

我得想办法让爸爸给5B班出新的考题，但又不能告诉他真相，不然他这辈子再也不会相信我了！

我该怎么办？

外公，快帮我想个办法吧，这次是真的需要"急救"。

爸爸妈妈正在过道里，他们终于把摆在地上的画框挂到墙上了，所以我现在不能出去发传真。如果等到晚上他们吃完饭进客厅以后，你又离开诊所了，要明天早上十点才能看到我的传真，那之前你的玛丽肯定会看到上面的内

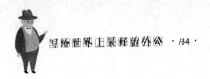

容！我不想让除你以外的第二个人看到这封信，所以还是去邮局发了快件，这样明天早上就到你那儿了。我虽然很着急地等你的回复，但真的不敢发传真，宁可寄快件。因为要是万一被爸爸妈妈发现了我写的东西，那我就完蛋了！

外公，救救我！

你的绝望的艾么

11月10日 星期二

亲爱的艾么：

对你现在碰到的超级尴尬的处境，我能想出什么办法来呢？只有一个可能，就是你把所有细节都原原本本地告诉你爸爸！如果做不到，就先告诉你妈妈，或许她能比我更理解你，并且有办法巧妙地告诉她先生这类棘手的事，让你爸既能接受又不至于大发雷霆。

其他的主意，就算是这个世界上最棒的"逃生超人"现在也没有办法给你。

但是这一切都是因为你没对你幼稚的老外公讲实话！只不过圈套不是一篇德语课作文，而是为了避免不幸去做

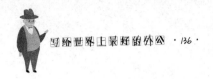

一些违规的事情，更准确地说，如果爱上一个人，能不能满足他的不合理要求。

我想你一定有自己的答案，只是不想那样去做而已。我觉得有一点很明确：坐着干等肯定不行！即便查不出到底是谁泄露了5B班的数学考题也不行。

这件事情估计你除我之外还没有告诉别人，这不是什么大不了的"罪行"，千万不要陷入不必要的恐慌。和你比起来，其他父亲对他们的女儿一定有更深的焦虑，你完全没必要感到绝望。

还有一点：如果那个安纳唐真的有问题或者想自杀，他应该去看心理医生，朋友肯定帮不了他，一次好成绩更解决不了问题。

对不起，我的宝贝，在"想主意"这件事情上我真帮不了你。

你爸爸现在在家吗？如果在，鼓起勇气去找他，马上。或许可以这样说："爸爸，为了帮助一个人，我做了一件很糟糕的事。但是现在我意识到可能给你带来麻烦，我不想这样……"照着镜子练练开头，尽量做出一副后悔的表情。如果你开头说好了，后面一定会游刃有余。

为你握拳加油，祝你成功！

你的外公

另：你如果跟爸爸谈好了，请告诉我一声。这样我可以松开我的拳头去做别的事。

11 月 13 日　　星期五

亲爱的外公：

　　我根本做不到像你建议的那样去跟爸爸谈话，甚至连一个人站在镜子前"忏悔"也做不到。外公，你必须明白，对爸爸来说，没有比"失去信任"更让他愤怒的事情了。而且我还不能告诉他我喜欢过思凡（其实现在也还喜欢，毕竟不可能那么快就摆脱对一个人的情感），爸爸总认为十三岁谈恋爱还太小。你自己也听他说过，一次他碰见一个初中女生跟一个男生谈恋爱，立刻变得火冒三丈。外公，那个"忏悔"根本没有必要！

　　昨天晚上我做了一个梦，梦见我坐在一个浴缸里，水很温暖，水面上有很多泡沫，然后爸爸胳膊底下夹着考题进来了，梦里不是我们家的卫生间，而是一个巨大的豪华浴室。爸爸把考卷放在浴缸边的金色毛巾架上，然后去拿一个金色手柄、银色梳齿的梳子。由于毛巾架不太稳，那些考卷全部滑到了浴缸里的泡沫上，慢慢地沉下去，然后像湿抹布一样落到我伸开的双腿上。爸爸看着那些滑落的考卷，说道："这样正好！这些题对于班上这群笨蛋学生来说太难了，我再出一些简单的吧。"

我在梦里特别开心，可是醒来发现是一场梦后就无比沮丧。不过不一会儿我的脑子突然灵光起来：这个梦不就是命运之神在点拨我吗？他给了我一个任务，让我想办法把那些考题复印件处理掉。虽然我不知道这是什么意思，因为爸爸除了那些复印好的考卷以外，还有考题原件，而且这些题都是数学书里的，也就是说假如原件丢了，还可以随时从书里抄那些题。但是我相信命运之神的点拨，人在绝望无助的时候，会抓住任何一根救命稻草。

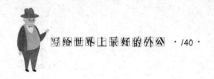

　　所以，当我看见爸爸去浴室洗澡，而他房间的两扇窗都开着，房门也开着的时候，我也把我房间的门和窗大开，这样可以形成一股强的对流风，爸爸文件夹里的5B班数学考卷就会被风吹到窗口，然后落到大街上，当然文件夹我已经翻开了。

　　外公，走廊衣架上妈妈的两顶草帽已经开始舞动，我房间的窗帘也开始疯狂飞舞，爸爸房间落地灯的灯罩也开始动起来，厨房里紫菀花的小花盆已经翻了，可是那些考卷怎么还没有飞到窗口呢，桌子不是紧挨着窗口吗？原来，一阵风把考卷吹到凳子底下了。爸爸骂骂咧咧地用小笤帚把那些纸片收起来。他拿着考卷坐到厨房饭桌旁，想数一数有没有少。爸爸很欣慰地发现考卷都在，而且也没折坏。

　　假装不小心打翻一杯满满的咖啡不是一件容易的事，但是我做到了，我的牛奶咖啡浇到了那一摞考卷上，卷子全部湿透了。爸爸先是惊恐地看着那些考卷，然后叹了口气："孩子，小心点！我还得全部再复印一遍，唉！"然后他去房间拿了考题原件，放进了文件夹。

爸爸出门之前又上了一次洗手间，我趁机从他的文件夹里拿出那份考题原件，揉成一团扔进了废纸篓里。爸爸从洗手间出来，警告我不要磨蹭，早点上学，然后说"中午见，我的女士们"，接着就出门了。

整个上午我在学校的心情都七上八下的，一方面是因为早上的事情，另一方面是因为阿吉和法毕安说，爸爸应该很清楚谁拿了考题原件，我的犯罪行为不可能不被发现。

但是他俩搞错了，爸爸丝毫没有怀疑到我！他吃午饭的时候说，那份东西肯定是在学校丢的。很奇怪，他上第一节课之前从包里拿书时明明还看见过的。他几乎确定十点课间休息时放到教师办公室的桌上了，因为本来想去复印的，但是复印机被另外一个同事占着。

这会儿，爸爸正坐在房间里出一套新的试题，他说要出完全不一样的题目。爸爸一直觉得是十点的课间休息时，教学楼管理员来教师办公室吸尘，然后不小心从桌上

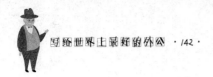

拿了他的考卷扔了；或者是考卷自己掉到了地上，哪个同事随手捡起来扔进废纸篓里了；"理论上"还有一种可能性，就是考卷以奇怪的方式落到某个学生的手上，那这套考题就不能用了，爸爸还有别的方案。

外公，你知道我这下有多轻松吗？我心里的大石头终于落地了，这块石头比《阿斯泰利克斯历险记》[①]里奥贝利克斯背着的那个巨石还要重好多。

可能你觉得我的解决办法不怎么样，但是你看，现在爸爸没有碰到麻烦，我也没有任何问题，顶多那个安纳唐跟他的同学会觉得生气，尤其是当发下考卷时，他们发现

---

① 《阿斯泰利克斯历险记》又称《高卢英雄传》，是1959年创作的一套法国系列漫画，讲的是公元前50年高卢地区被罗马帝国占领后，当地一个村子的村民如何顽强抵抗罗马士兵的故事。主人公阿斯泰利克斯和他的朋友奥贝利克斯依靠药水、智慧和勇气，完成一个个艰巨的任务，挫败恺撒的阴谋，保卫了村庄的安全。他们在历险的过程中，周游高卢各地，还经常与埃及人、希腊人、比利时人等外族接触。漫画剧情幽默，也使用欧洲各地语言和方言。

跟准备的题目不一样！不过他活该。哪怕他自己的生活出了问题，也不能给我爸找麻烦。安纳唐自己精神有问题，跟我爸有什么关系！还有那个思凡，我这辈子再也不想跟他说话了，我已经决定了。不过我还是会跟爸爸练习下棋，这样下次去看你的时候，就可以跟你下了。

其他也没有什么新鲜事了。对了，阿莱克斯给我打电话说明天要来看我。我在电话里没问他是留在维也纳还是去寄宿学校。不过他的声音听起来很正常，没有任何难过和悲伤的情绪。

外公，好好的。亲你一千次。

你的艾么

另：妈妈又没兴趣上烹饪课了。她说我和爸爸根本不尊重她辛苦做出来的美食，简直是好心当了驴肝肺。现在她又琢磨着要不要去读个大学，这样等我高中毕业的时候

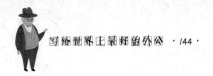

她就可以拿到博士学位。不过她还在想要读什么专业。昨天妈妈说最好是学医，虽然她在你的诊所里已经学了必要的知识，但是再去上四年大学或许更好。妈妈每次说要上大学时，爸爸总是一言不发，我猜他不太喜欢这个想法。另外，我们一星期前请了一个清洁工，叫多莉拉，她人非常友好。妈妈坚持让我打扫自己的房间，不过多莉拉可不管这些，她径直进了我的房间，三下五除二就把我的猪窝变成一个干净整洁的闺房。

又：我们的音乐老师乔给学校乐队写了一首很棒的曲子，让阿吉填词，我来主唱。但是阿吉到现在也只写了一行文字："上学总是麻烦麻烦。"法毕安说，第二行词可以这样写："生活也非酷炫酷炫。"

但我觉得不好。

再亲你一千次。

11 月 16 日　星期一

亲爱的艾么：

　　你没说错，你这个解决问题的办法很有问题！说得更清楚一点：你做得简直太糟糕了，一点也不酷炫，就是惹了个大麻烦！用一个更蠢的做法来掩盖原本的愚蠢，这简直是在胡闹！我用"愚蠢"还是客气，准确一点其实是"卑鄙"。我不擅长道德说教，所以不再多啰唆。你已经足够成熟，应该知道是非对错。如果这三个月你没有变笨的话，应该很清楚这意味着什么。这一点就先说到这儿。

　　另外要告诉你的是：我明天一大早去林茨的医院做一个全身检查，因为我的肠道一直没有恢复正常，可能需要

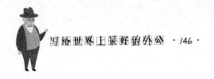

彻底检查一下。不过到周末我肯定已经回来了。

因为旭村的大夫很忙，所以我请了维也纳的一个年轻医生来替我一星期。他今天上午已经来了，现在正跟玛丽坐在那边。他会在你的房间临时住几天，希望你不会反对。玛塔把你的那些毛绒玩具都搬到了衣帽间，她觉得一个上过大学的男医生不能被毛绒玩具围着睡觉。不过玛塔承诺，等医生走了以后，会把所有的小动物都原封不动地摆回去。

嗯，已经很晚了，我得跟新来的医生好好交代一下，这样他明天能顺利上班。而且如果只把他晾在一边，让他跟玛丽谈工作，这好像也太不礼貌了。不过我估计玛丽也不会反对，因为这个年轻大夫又帅又有魅力。他这么有魅力，我真怕我的顾客们都被他迷住，不再喜欢我这个脾气暴躁的老大夫。

我下一封信一定会写得很长的。

到时候见，抱抱你！

外公

11 月 18 日　　星期三

亲爱、亲爱、亲爱的外公：

　　你为什么要去林茨的医院？要是来维也纳的话，我现在就可以到你的床边陪你。我会给你带一大束鲜花，还有一个香喷喷的香肠面包，因为医院的饭都很难吃。我会给你读报纸，整理枕头，还会给你唱歌。你为什么不告诉妈妈你需要做全身检查？妈妈现在很担心你，我也一样。妈妈还说，如果你不是自己治疗，而是去医院检查，说明情况已经很糟糕了。

　　我今天中午放学回家才看见你的信，然后就马上告诉妈妈你住院了，她立刻往科姆巴赫打了电话。玛塔告诉了

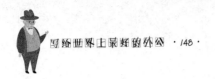

她你住在哪个医院，还说你自从感染了沙门菌以后，这几个星期几乎没怎么吃东西，至少瘦了十公斤，而且现在的气色也很不好，整个人像一株干枯的高粱。妈妈又马上往林茨的医院打了电话，她想病房里应该有电话。可是她至少打了二十次，一直没人接，可能你正在做检查吧。妈妈说如果是肠道疾病，检查过程会非常痛苦。我们正考虑要不要开车去林茨看你。但是爸爸觉得你可能不希望被人打扰。因为如果你同意我们去的话，肯定事先就告诉我们你的情况了。妈妈最后接受了爸爸的观点。不过你做好准备，等回到家以后，妈妈肯定会在电话里数落你的。她会说你真是个倔强的老头，生病了也不告诉女儿，好像这跟她没关系似的。

说不定你收到这封信时，她已经在电话里抱怨过了，因为妈妈一直想着再往林茨的医院打电话，她正在大声地思考着，一会儿说："晚上肯定不会有检查，那爸爸肯定在病房里，一定会坐起来接我的电话。"一会儿又说："如果爸爸不希望我打电话，我还是不打吧。"这样不停地摇摆了几次，我回房间时，她又回到了"晚上肯定不会有检查，那爸爸……"这句。

外公，一想到他们会把一根可怕的长管子插进你的屁股，我的肚子里就凉凉的。妈妈说这种检查可以忍受，但是她说起来容易，自己又没尝试过。而爸爸更离谱，他吃午饭时说让一个医生去做体检挺好的，尤其是尝试他平时冷笑着逼病人做的那种检查。我随口怼他："如果这样的话，那找一个人每星期考你，并且给不及格，好让你也体会一下这是什么滋味。"爸爸反驳说，这根本不是一回事。

外公，科姆巴赫人怎么会更喜欢那个年轻医生呢，连你自己都不会相信。科姆巴赫人都很崇拜你，甚至五体投地地尊敬你。那个女市长更是百分之一千地崇拜你。是阿莱克斯告诉我的，女市长说过，你救了她三次命，应该给你颁发诺贝尔奖。这是真的吗，外公？阿莱克斯还说，你给他爸爸施了催眠术，他爸从此以后再也没喝醉过，已经

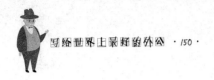

变成正常人了。我当然不相信这些，但是阿莱克斯可是举
手发誓说的。我觉得至少他自己是相信的。不过我现在不
太了解阿莱克斯。我们过了这么久才见面，我一开始觉得
他很陌生，过了半小时以后，一切又都像从前一样，我们
相处得十分融洽。他不去寄宿学校了，就待在他妈妈这
儿，那个新爸爸他也觉得很不错。我一方面很开心又有阿
莱克斯这个朋友，一方面又不知道该如何让他进入我现在
的生活，他最近做了一件让我很糗的事。

　　星期六阿莱克斯第一次来我家，待了很久，直到他妈
妈打电话让他回家。我把他送到门口，然后就去客厅的窗
子那儿等着跟他挥手告别。我等啊等啊，但是阿莱克斯一
直没出现，他根本没走出楼门。我们这个楼的电梯有点问
题，常常会停在两层楼中间不动了。如果管理员恰好不在
楼里的话，里面的人再怎么按电梯警铃，都没人来开门解
救。不过其实有一个简单的办法，就是跑到一楼，按"呼
叫"这个按钮，电梯就会自动下来并打开门。我跑到一楼

时，电梯已经在下面了。但是我看见电梯旁边，阿莱克斯
正和"小妖精"婷莫站在楼梯扶手那儿聊天。那哪是聊
天？"小妖精"哧哧地笑得像个玩具摇鼓，阿莱克斯说得
唾沫星乱飞，像超市前面卖蔬菜刨刀的小贩。然后他们一
起走出楼道门。我马上飞奔回客厅窗口，在那儿又等了许
久，显然他们在楼门外又继续说笑个没完。我的时间宝
贵，没工夫盯梢"小妖精"，所以我就没再等他们两人出
现，而是直接去复习生词了。但是这件事让我心神不宁，
所以我星期天就给阿莱克斯打了电话。我还没问，他就马
上说起在楼道里碰到婷莫的事情，而且很兴奋的样子。他
跟婷莫三年前曾一起去度过假，去了希腊的罗宾逊俱乐
部。阿莱克斯说婷莫是个超级棒的好女孩。他本来就想给
我打电话，因为婷莫说我讨厌她并且老给她找麻烦。我对
阿莱克斯说是婷莫讨厌我，并给我找麻烦。但是阿莱克斯
说他了解我，我怎么会是一个笨拙软弱的人，让别人来欺
负我？下午阿莱克斯竟然不请自到，他站在门口，指指楼

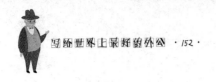

下说:"我是来调解矛盾的。"他手里还拿着一张纸,上面写着:

停火协议书

婷莫和艾玛(也叫"一莉亚"),现达成和解协议,自即刻起放弃互相攻击,实现和平共处状态。

协议书下方的左侧已经有婷莫的签名。起初我不想在上面签字,但是阿莱克斯给妈妈看了他写的协议,然后他们两人都说我要是拒绝签字,就说明我是战争的挑起者。于是我就在上面胡乱画上了我的名字。星期一到学校就很尴尬了。大家都奇怪我和婷莫竟然不再互相交手,我只好说已经厌倦了那种没有意义的吵架。

我不知道婷莫是怎么跟她那一帮人解释的。但是外公,只要她稍微打破那个协议书,我就不再遵守承诺。下午我跟阿吉和法毕安说了阿莱克斯以及协议书的事情,他俩一致认为，我跟婷莫和解是件不错的事情。阿吉说：
"我肯定不会怀念你们课间休息时的互掐。"法毕安也是这
个看法，他的语气让我觉得，我跟婷莫的吵架根本没必要
甚至愚蠢无比。然后阿吉说让我周末带阿莱克斯去参加她
的生日聚会。没准我真会带他去，毕竟阿莱克斯长得很
帅。我要让思凡看看，我也有帅气的异性朋友。不过我不
知道阿莱克斯是否跟阿吉和法毕安合得来。他毕竟是我从
前生活的一部分，而现在的我跟从前完全不一样。阿吉和
阿莱克斯应该没问题，但是法毕安那儿不好说。自从他知
道我放弃思凡以后，就以为他是我最好的异性朋友。如果
他碰到阿莱克斯，然后阿莱克斯也说自己是我最好的异性
朋友，那这两个人还不得打一架？离星期六还有几天的时
间，我可以再考虑一下。说不定阿莱克斯星期六已经有安
排了，那这件事就自动解决了。

　　外公，我现在打字打得手指尖都痛了，跟你说了一堆
我的七七八八，千万不要认为我只想着我自己，没有想

你。我当然也想着你，而且无时无刻不想你。给你握拳加

油，希望你所有的检查结果都是"无异常"。

　　　　　　　　　无比爱你又万分焦虑的艾么

11月20日　星期五

亲爱的艾么:

　　你和你妈都太大惊小怪了，我这把老骨头隔十几年让医院的同事检查一次很正常呵。你看你们俩兴师动众的，搞得我好像已经病入膏肓似的。因为各样检查很多，我不想一趟趟地往维特尔或者林茨跑，所以就直接住到林茨的医院里了，这样一次就能搞定。我跟我的病人也这样建议过，这再正常不过了。

　　玛塔本来就喜欢夸张，你们又不是不知道。我怎么可能瘦了十公斤呢，太可笑了！我只不过皮带稍微紧了一个孔。玛塔自己那么胖，所以认为不到一百公斤的人都是营

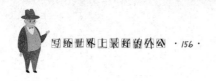

养不良，她只是不想承认自己需要减肥罢了。

说到检查结果，有几个我要下周三左右才能拿到。不知道是否都是"无异常"，我估计是的。不过艾么，到了我这个年纪，不可能"百分之百的健康"，每个人总有点小毛病，我肯定也不是例外。好吧，这件事就先说到这儿。

谢谢你和阿莱克斯认为整个科姆巴赫的人都尊敬我，好像是有点这样。我今天上午去小卖部买报纸的时候，走到哪儿都有人担心地问我身体怎么样，而且总有人说"谢天谢地你终于回来了"。我甚至都有些感动。

不太感动的是，已经有二三十个人说他们本来要这星期去诊所的，但是知道我不在后特地改到了下周。他们坚信只有我才能给他们量血压、号脉、听心音或者开合适剂量的药。星期一候诊室肯定又要挤满了人，像沙丁鱼罐头似的，我又得无休止地加班。

但是没准我也可以放放他们的鸽子，再休息几天甚至一个星期。那个年轻的大夫肯定不反对再接着替我两天，我也不反对过几天再见我的病人。

你爸爸说的是对的，医生冷笑着开给病人的药，的确应该先在自己身上试试。我现在由衷希望给我开"好好休息"这一剂药，这也是我偶尔开给我的病人的药方。我不知道最近为什么突然失去了工作热情，可能是因为医院的病床很不舒服，漫漫长夜睡不着时，我就开始思考，想着想着就发现，除了工作以外其实生活中还有别的事情，这些别的事情我好像做得很少。

另外：市长女士说我救过她三次命，一次是帮她从喉咙里拔出一根鱼刺，一次是把她脱臼的颈椎复位，还有一次是劝她放弃庸医开的又贵又没用的药。都是小事一桩，如果她认为这是救命之恩，我也乐意接受。阿莱克斯的爸爸我话都没跟他说过，哪里来的催眠治疗？就算我治过，应该也毫无成效。他现在每天照样像个无底洞似的酗酒，每次喝醉了就发酒疯闹事。这里没有餐馆愿意接待他，因为他一喝醉就对其他客人说脏话。我在林茨的时候，阿莱克斯的爸爸来过一次诊所。玛丽和助理医师彼得给他包扎了伤口并绑了绷带。他的额头、肩膀、膝盖、臀部到处都是擦伤、血肿和撞伤。彼得说他可能是喝醉了，从台阶上摔了下来。宝贝，这件事你知道就行了。如果阿莱克斯非要认为他爸已经戒酒了，那就让他自己相信吧。人总要有一些幻想，不过不能太多。其他方面我觉得阿莱克斯懂事了许多，他能让你和你的死敌达成和解是一件很了不起的事。毕竟吵来吵去是在浪费自己的情绪，对事情没有任何帮助。但是争吵双方往往走不出这样的困境，需要有第三方参与，至少开始干预。另外我不明白，为什么代表你从前生活的阿莱克斯不能进入你现在的生活。他跟法毕安合不合得来是他们的事情，不是你要操心的。如果他们互相不喜欢，一定会各走各的；如果他们觉得彼此还不错，那一定会和睦相处。到底谁是你"最好的朋友"，这完全由你自己来决定，然后那个"第二好的朋友"要适应你的决定。何况你可能觉得两个朋友"一样好"，因为你在他们俩身上都发现了另外一个人没有的优点。生活中不需要总是做出强硬或艰难的决定，更不能让别人逼迫自己去做这样的决定。

我答应狗狗带它出去跑一大圈。它这个礼拜几乎一直待在家里，懒惰的玛塔只让它撒尿时去花园透透气，还说狗狗不想出去散步。但这怎么可能呢，玛塔只是图自己舒服罢了，她的屁股根本不想离开凳子！

我答应玛塔散步后准时回来吃晚饭，所以现在得跟弗朗兹出门了。其他暂时也没有什么新鲜事。

宝贝，回头见！

你的外公

另：如果我真的决定再休一个星期的假，可以去维也纳看看你们。你觉得我这个主意怎么样？

11月24日　星期二

我最亲爱的外公：

　　听说你要来维也纳，我高兴得连头发都打卷了。不过刚才妈妈告诉我，你打过电话了，说不来维也纳！

　　我当然理解你想待在弗朗兹身边，它现在确实不能自己在家。本来我希望你能带狗狗一起来，但是它现在这个状况肯定也出不了门。

　　外公，我已经围着电话机转了一个小时了。我本来想对你说一些安慰的话，可是又不知道什么样的话能起作用，估计拿起电话也是结巴一通。像妈妈刚才说的那种废话对你肯定没有帮助。

　　我刚才在旁边听了一耳朵，很是气愤。她怎么知道让狗狗麻醉过世比"苟延残喘"好？妈妈是家里最不喜欢弗朗兹的人，偏偏又在那儿自以为是，想要告诉你该怎么做。

　　我们的老朋友真的很痛吗？会不会是生了骨癌呢？或者就像你说的那样，是痛风，所以才跛着脚走路？你自己也说过，科姆巴赫的兽医不怎么样。玛塔也认为要是换一个兽医，她的那只虎皮鹦鹉肯定还可以多叫几天，多扑棱两下。

　　要不要把弗朗兹带到维也纳，送到兽医高校那儿去检查一下？那些教授们肯定比布劳内德大夫厉害一些。

　　哦，外公，忘了我说的这些吧。我又跟妈妈刚才一样自作聪明了。

　　对不起！你抚摸弗朗兹耳朵之间的那个地方时，告诉它，有一个手指是代替我抚摸它的。你晚上睡觉前给它往毯子上放一个长条饼干，就算弗朗兹已经睡着了，它晚上

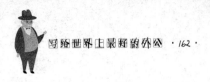

醒了以后还是会吃掉饼干的。

外公，或许一切都会好起来的。

抱抱你。

你的艾么

11 月 29 日　星期天

亲爱的艾么：

今天是封短信，其实我没有太大兴致写信。我只想告诉你，弗朗兹去世了，我想这比它挣扎着活下去要好一点。而且，它如果没有去世的话，另一条腿上可能也会发现癌细胞。

是我亲自给它注射的药物，因为他对我比对布劳内德医生更信任一些。弗朗兹一看见布劳内德就开始发抖，所以我不想让它遭罪。

玛塔在屋子里一边哭，一边趿拉着鞋子走来走去，彼得陪哭泣的玛丽去森林散步了，布鲁纳正在花园里三棵落

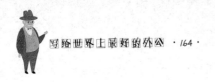

叶松后面刨坑，等他弄好了，我就跟他一起把狗狗抬下去。

我猜不能随便在自己花园里埋葬狗狗，得送到动物尸体处理站，然后再取了埋到动物墓园。但是谢天谢地，在我们这儿没人管这些事情。

春天的时候，我打算在埋弗朗兹的那个地方种一株绣球。你知道的，它总是谜一样地喜欢在粉红色绣球花旁边撒尿。等处理完这些事情，我就去花园小屋里锁上门坐一会儿。虽然有些冷，但是没人打扰我。悲伤的时候，我喜欢一个人待着。

你的外公

另：弗朗兹可能没明白，前两天我抚摸它的时候，食指是代替你的手的。但是我一说你的名字，它就试着抬起尾巴摇一摇，它一定是在问候你。

12月1日　星期二

我最亲爱的外公：

　　我想给你画一幅弗朗兹的画像，照着它的一张照片画，就是它躺在家里的后门前、张大嘴巴打哈欠的那张。但是我们的狗狗有太多毛毛了。我画了五张又扔了五张，每一张都像长着毛边的煤块。其实我应该知道自己的水平，完全没有绘画天赋，肯定画不出像样的东西来。不过我只是想做一件事情，让你明白我完全能体会你的悲伤。

　　这些听上去有些蠢，但我也不知道该如何更好地表达。我不知道应不应该继续跟你唠叨我的琐碎日常，像以往的那些信一样。妈妈说我可以写，这样可以稍微转移你

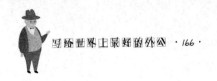

的注意力。但是我真的不知道你是不是还对下面这些鸡毛蒜皮感兴趣，比如我作文得了优秀还是良好，我跟阿吉因为一点小事吵了一架，还有法毕安觉得阿莱克斯是个乡下花花公子，而阿莱克斯又觉得法毕安无聊透顶。

还有一件事我得告诉你，我突然想起来但一直忘了给你写：思凡和安纳唐现在不是朋友，而是敌人。安纳唐发现思凡给他的数学考题是假的以后，顿时气急败坏，他放了学直接找到思凡，把他骂了个狗血喷头。阿吉还说，安纳唐在走廊里大喊大叫，以至于邻居都被惊动了，跑来问要不要报警。安纳唐甚至还对思凡动了手，一脚踢到他的小腿肚上，思凡顺势给了他一巴掌，安纳唐又朝着思凡的肚子打了一拳，思凡用最后的力气打开门，把安纳唐推了出去。虽然安纳唐数学考了不及格，但是并没有像先前声称的那样去自杀。阿吉说得对，他就是虚张声势吓唬人的，自己并没有当真，然后她哥哥现在也终于认识到这一点。不过对我来说，思凡还是空气一样的存在，他对安纳唐由爱到恨，丝毫不影响我对他的看法，谁叫他当初那么卑鄙地利用了我。

我还想告诉你，关于决定"谁是最好的朋友"这件事，一点都不像你说的那么轻松。阿吉虽然很不错，每次有阿莱克斯在的时候，她都努力地对阿莱克斯表示友好，但是我知道她不用装着努力，她其实很喜欢阿莱克斯，只不过碍于情面不想承认，她知道阿莱克斯喜欢我。而法毕安每次都对我说："你那个乡下花花公子每次都非得跟着吗？"阿莱克斯则发脾气："我们能不能不带那个无聊透顶的家伙一起玩？"

我责备法毕安说，长得帅的人不一定就是花花公子；又对阿莱克斯说，其实法毕安很聪明，人也很好。结果他们怎么回答我？法毕安一副不屑的表情："好吧，我只欣赏他的帅气，其他方面确实不怎么样。"而阿莱克斯则说："你天天上午跟那个家伙一起上课，下午还非要见他吗？"阿吉笑笑说："看吧，这就是'谁都喜欢你'招来的麻烦。"

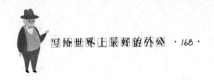

　　其实阿莱克斯最大的问题是，他跟婷莫还是好朋友。他虽然说婷莫只是一般朋友，但每次来我家时都去找婷莫玩，要么之前，要么之后。昨天阿莱克斯还建议把《停火协议书》改成《友好条约》，显然他脑子里已经想过把我和"小妖精"变成好朋友！连妈妈也这样想。她跟婷莫的妈妈渐渐熟悉起来，还建立了一些友谊。妈妈已经有两次去楼下喝咖啡、吃蛋糕聊天了，然后"妖精妈"也来过一次我家吃三文鱼、喝香槟。好吧，我现在也觉得跟婷莫的互掐和敌视是有些夸张，而且完全没有必要，但这不等于马上就要化敌为友、相亲相爱了吧？

　　哦，一不小心又夸夸其谈了半天。外公，有件事我本来不敢问，因为对你有些不敬，可是爸爸让我跟你说一声。是这样的，爸爸的一个同事养了一条纯种的母斑点狗，这只狗狗发情的时候，在公园里跑掉了，晚上才回家。后来，爸爸的同事发现这只狗狗在离开的那段时间跟一只公狗交配了，但因为那只公狗很可能不是纯种的斑点狗，所以几个星期后要出生的幼崽血统不纯正，不好卖出去。所以，爸爸的同事很希望有人能收留狗狗的幼崽。外公，你想要一只吗？

今天就写到这儿。吻你一千次，抱抱你！

你的艾么

12 月 4 日　星期五

亲爱的艾么：

　　你当然要在信里继续"夸夸其谈"，跟往常一样。不然你打算写什么呢？每天给我寄一张镶黑边的吊唁卡？你给弗朗兹画的那些画像，如果还没有扔的话，即便看上去像一个个煤块，也可以寄给我看一下。

　　看着弗朗兹去了另外一个世界，我当然很难过；它永远不在我身边了，这也让我伤心无比！但是，作为乡村医生，我已经陪伴那么多人走过生命最后的时刻，有老年人也有年轻人。现在，一只动物离世就把我打垮，这未免也太夸张了。不过狗狗并不害怕死亡，它也不知道死亡是什

么。就算是一只绝顶聪明的狗，它生了重病以后也不会
想：或许我快要死了。在狗狗的思维里，没有"去世"或
者"死亡"这样的概念，弗朗兹只是像平常一样睡着了，
毫无畏惧，而且也不知道自己将无法醒来，并且不再有
疼痛。

　　我要是再年轻几岁，肯定乐意接受女婿同事送的狗
狗。但是以我现在这个年龄，得好好考虑是否还能养狗，
以及养什么样的品种。你想，假如我要的斑点狗跟一只比
格犬交配，那生出来的小狗因为基因缘故能跑能跳，我每
天都要跟在它后面狂跑三个小时！十年后我已经垂垂老
矣，然后还得喘着粗气、吐着舌头跟在一只斑点比格犬后
面狂奔？布劳内德医生说了，对一个上年纪的人来说，短
腿猎獾犬可能比较适合做伙伴。但我不太愿意跟一个长着
沙发腿似的小狗做朋友。另外，我还得考虑费妮尔女士的
想法。猫的品性可不是随随便便就能忍受任何一只狗狗
的。据我观察，它只接受身形巨大的品种，可能它对大狗

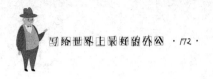

又敬又怕。况且我也没时间训练费妮尔，让它愿意接受短腿猎獾犬，并且不对狗狗大声呵斥，或者把爪子伸进狗狗的嘴巴里，等等。所以现在，家里暂时不准备养一只新的狗狗。

费妮尔女士找了整整两天弗朗兹，从早到晚不停地找，它去查看所有弗朗兹喜欢待的地方，绕着弗朗兹的食盆转了一圈又一圈，晚上还蹲在后门那儿几个小时地等它。然后费妮尔终于明白弗朗兹不会回家了。它现在很乐意躺在弗朗兹以前睡觉的毯子上，从前费妮尔总是被弗朗兹从毯子上赶走。现在我每次回家时，费妮尔总抬起头，好像在说："现在我是这个家里的主人了，明白吗？"

艾么，你们家最近气氛是不是不太好？我昨天上午跟你妈妈打电话时，觉得她好像很难过，但是她说没事。昨天下午我又跟你爸爸通了电话，我想给你妈妈买圣诞礼物，又不知道买什么合适。或许你知道她有什么秘密愿望？你爸爸听上去也有点怪怪的。他们俩最近吵架了吗？

还是碰巧同时抑郁了？

　　我还可以向你汇报什么呢？或许是我的新想法：最近休息了几天让我觉得很开心，所以正考虑跟彼得合开一个诊所。这样我的工作几乎减半，两个医生为科姆巴赫服务应该差不多了。几年以后如果我想退休，彼得可以继续自己干或者找一个合伙人。到那时科姆巴赫人应该已经适应彼得大夫了，他也应该完全熟悉了这里的情况。彼得对语言的悟性不高，他到现在还听不懂有些病人说的科姆巴赫方言，得让玛丽翻译才行。不过我刚来的那几年也是这样。

　　另外，我估计彼得和玛丽正在谈恋爱，他们俩想瞒着我。如果我在场，他们就恭恭敬敬地说话；如果他们觉得没人在，就开始很放松地聊天。我当然不会告诉他们我觉察到了，因为刚刚开始谈恋爱时，越遮遮掩掩越觉得有滋味吧。

　　还有一件事我得告诉你，丹妮拉被她妈妈抓到了。那

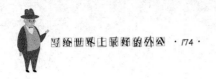

天晚上她正在家门口跟招风耳亲嘴，结果被她妈妈看见
了。现在她妈妈要把她送到一个寄宿学校的修女那儿，但
是修女们不接受丹妮拉，说她们那儿没有多余的房间。不
知道她妈妈有没有问别的地方的修女。

米西来过诊所，彼得大夫给他看的病。他脸上的痘痘
看上去很可怕，不再是普通的青春痘小包，而是变成脓
疮了。

赛珀尔现在真是疯狂！他搞了一身朋克行头，让我们
的小地方也多了点风景。他现在头上涂满了发胶，每只耳
朵戴六个耳环，手腕上戴着牛骨手链，脖子上挂着银色铆
钉项链，腰里还扎着一根皮带，皮带上挂满了铝制弹簧和
铁匠铺的那些小东西，另外还在鞋跟上贴了一圈锡箔纸。
如果我没看错的话，赛珀尔也在脸上抹了面粉，然后用笔
在额头和胳膊上画上图案，看起来像刺青似的。他从我身
边叮叮当当走过去时，我得使劲憋着才能不笑出来。

我问赛珀尔是不是也穿着这身行头去上学，他说"当

然啦"。但是我真无法想象保守的校长会允许男生这身打扮去学校，或许他这几个月真变了。

我的小天使，就先写到这儿。

抱抱你。

你的老外公

另：我能奢望你们圣诞节来科姆巴赫吗？你妈妈昨天给了我一个模棱两可的回答。如果你们更想去南部享受阳光的话，尽管直接告诉我，现在也很流行这样过节。总之，你们不用特地考虑我，我也可以一个人过圣诞，真的。

12 月 9 日　星期三

亲爱的外公：

　　家里怪怪的气氛是因为我，而且一天比一天严重，我自己一开始都不知道。我是觉察到家里气氛有点不对劲，但是跟你一样，我也以为是爸爸妈妈拌嘴了，跟我没关系，所以就一直没去理会。但是，我这个笨蛋怎么也没想到是因为我！

　　前天下午我上完体育课后，跟阿莱克斯、阿吉和法毕安一起去面包店吃了个奶油卷，然后开开心心地回到家，看见妈妈正站在走廊里，面色铁青地对我说："去你爸爸房间！"

我一脸疑惑地说："好，好，我先换衣服。"但是妈妈突然对着我大喊："不，现在就去！"说着就推着我的肩膀进了爸爸的房间。爸爸正坐在写字台后面，也是一脸死灰，我真的吓了一跳。

"坐下！"爸爸从牙缝里挤出几个字，他的表情仿佛眼镜蛇正准备吞掉猎物似的。我马上明白他不是生病，而是正极度愤怒。我本来想坐到长凳上，但他突然大喝一声"过来"，示意我坐到他桌子前的椅子上。我只好到桌边坐下来，妈妈坐到了我身后的长凳上。

长话短说。安纳唐把考题发给全班同学，并打赌说一定考这些内容，所以5B班的同学都没有再为考试复习准备。当爸爸把全新的考题发下去以后，很多同学都完全不会，所以班上有好多刚及格甚至不及格的学生。一个不及格的学生回家跟他妈妈抱怨，说他要是复习的话应该能考好的，然后还说了安纳唐的事情。之后这个妈妈就冲进爸爸的办公室，生气地对爸爸说这次考试必须重新来过，因

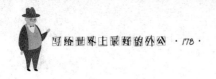

为"是在完全错误的条件下"进行的。还说如果那个安纳唐不给大家"透露"考题,她儿子肯定会乖乖地复习准备,也肯定能考个"良好"甚至"优秀"。

爸爸于是马上把安纳唐找来,用他自己的话就是"当面把那个学生教训了一通"。据说安纳唐幸灾乐祸地承认是他干了一件蠢事,给同学的考题竟然没有出现在考卷里。而且他还咧着嘴巴嬉皮笑脸地把一张纸条递到爸爸的手里,爸爸马上认出那是他"丢失的考题原件"的复印件。安纳唐不肯说从哪里得到了这份东西,还说爸爸如果感兴趣的话,可以自己想办法去打听。

这件事情很快在爸爸的同事那儿传开了。因为爸爸确信这份原件是在教师办公室的桌上丢的,所以同事们都在猜测考题究竟怎么到了安纳唐的手里。

如果不是5B班一个被安纳唐欺负过的女生因为报复去告密的话,估计大家现在还在猜测考卷的行踪,或者说不定早就忘了这件事了。那个女生放学后等在街边一个角落里，爸爸走出校门后，她一直跟在爸爸后面，直到附近没有同班同学，没有人发现她要告密时，她才追上爸爸说她有事情要汇报。她说安纳唐是从一个叫思凡的朋友那里拿到考卷的，而这个思凡据说"直接去老师家里拿了考卷"。

爸爸觉得这个女生说的话简直是天方夜谭，但是他还是告诉了妈妈。妈妈说我的朋友阿吉的哥哥就叫思凡，而且她怀疑我喜欢上了思凡。于是爸爸觉得那个女生说的好像也有些道理，但他还是不愿意随便就怀疑自己的女儿。

他又把安纳唐叫到办公室训话，并说只要他说出事情的真相，就不会给他任何惩罚。安纳唐回答道："首先，您惩不惩罚我我其实根本无所谓；其次，如果您真的想知道事情的来龙去脉，最好去问问您女儿，她这个笨蛋正好可以给您解释一下，为什么那些倒霉的考题没有出现在试卷里。"

所有这些内容爸爸都是用一种冷漠的口气隔着写字台

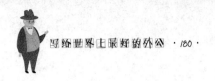

一股脑地倒出来的，然后他就开始对我咆哮，让我向他一五一十地全部交代清楚。我试着告诉他，思凡那天是突然袭击，而且我后来试着把一切弄好，所以才从他的公文包里拿了那份考题原件。但是爸爸根本不听我解释，只是吼着说我不应该给他找麻烦，他现在在同事面前像个小丑，大家都笑得直不起腰了。而且还说我简直是他身边的一颗定时炸弹，这件事情会断送他所有的机会，也无法晋升成正校长；不过教出这样撒谎成性、卑鄙无耻甚至出卖父亲的女儿，或许他根本就不配当校长。然后爸爸还让我"马上从他眼前消失"，不然他就会对我"动手"。于是我就走开了。

从那天以后，他就再没跟我说过话，看都不看我一眼，好像我根本不存在似的。妈妈倒是还跟我说话，但都是最基本的事情，而且口气非常不友好。我很想再给她解释一遍，我猜她可能更能理解我，但是她根本不想听，我还没说完，她就打断我："省省吧，别找什么可笑的借口。"我问妈妈我现在到底该做什么，她只是耸耸肩说："这个你应该早点考虑的！"

外公，我已经精疲力尽了，根本不知道该怎么继续下去。阿吉和法毕安也没有什么好办法。阿莱克斯说我可以离家出走，藏到他家那栋楼的地下室，他给我送吃的，再拿一个上厕所的桶。这样爸爸妈妈就会担心我并报警，然后登报找人：快回来吧，我们原谅你。阿莱克斯的这个主意虽然很蠢，但是可能真的比待在家里好。我现在出门的时候，爸爸妈妈都不问我去哪儿，什么时候回家。等我回家时，他们也不问我去哪儿了。午饭、晚饭、早饭的时候，他们只是两个人聊天，完全不跟我说话。

今天早上妈妈对爸爸说："下班回来的时候从肉店买半公斤猪肝。"

爸爸说："我今天两点才能从学校出来，那会儿肉店可能正是中午打烊时间。"

我赶紧说："我可以中午买猪肝，我十二点半就放

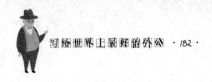

学了。"

　　但是他俩好像没听见我说话似的，妈妈只是对爸爸点了点头："没事，那我自己出去买吧。"

　　外公，我不能这样继续下去了！我不能待在鄙视我的父母身边。我该怎么办啊？外公，告诉我吧。

　　　　　　　　　　　　　　你的艾么

12 月 13 日　星期天

亲爱的艾么：

　　收到你的信时，我已经知道发生了什么。你妈妈刚刚在电话里跟我抱怨了一通你们家的事。我们谈了很久，有些地方还说得很不客气，因为你妈妈嫌我知道你的"卑鄙做法"之后，没有马上告诉她。我对她说，一个正直的人当然要保守秘密，不管对方是成年人还是孩子。其他事情希望我也给她讲清楚了。这次跟你妈妈是秘密谈话，所以我不能向你透露更多内容，不过希望你的处境会好点，你妈妈也对你平和一些，这对她来说应该不难，你又没给她带来麻烦。你爸那边应该不需要救援，那点悲伤难过的事

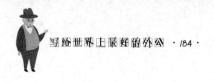

情，他自己一个人就能轻而易举地走出来。

宝贝，一个人生气可以有两种表现：一种是非常愤怒，因为看到别人的坏行为造成的后果；一种是体谅对方，知道他做这件事时并没意识到可能造成的后果。对大多数人来说，意识到对方不是恶意为之，然后原谅对方，这件事其实比登天都难。但就算"结果最重要"，我的女婿也不需要大发雷霆，好像你毁了他的后半生似的。我想以后你应该不会对他做更糟糕的事。请不要误解我的意思。你做了一件傻事，然后用更傻的办法来遮掩，这个事实已经无法改变了。但是只有很少的人在成长过程中不需要经历这样那样的教训。你妈妈也一样，如果她脑子还灵活的话，一定记得她做过的那些傻事。你爸爸小时候怎样我不清楚，但我不相信他一直是道德标杆，从来没做过蠢事。

宝贝，你爸爸不是因为那个倒霉的考题原件而生气的，事情其实更复杂一些，这一切不是你的责任，而是我

的问题。我从一开始就不太喜欢这个女婿。当初我的女儿
把他带回来时我就不太高兴。我从未对他有多热情，倒是
经常取笑他。然后你就出生了。我太喜欢你了，以至于想
尽各种办法让你也喜欢我。当我看到你对我比对爸爸更亲
近时，我甚至沾沾自喜。科姆巴赫的人都叫你妈妈"医生
的大女儿"，叫你"医生的小女儿"，而不是"老师的太
太"和"老师的女儿"。科姆巴赫的人还说，你爸爸是在
医生家"倒插门"，我甚至也让他成了这个家里可有可无
的人。他搬到维也纳不是为了当校长，而是想摆脱在科姆
巴赫的地位，想让你在维也纳成为"老师的女儿"。因此
考题事件才让他十分恼火。他肯定认为搬家后什么都没有
改变，他对女儿来说根本就无所谓——艾么始终冷笑着看
我难堪，如果是她外公的话，她肯定不会因为喜欢一个男
生，就从诊所里偷毒药给他。

　　宝贝，我跟你这样解释，是因为我觉得只有知道为什
么发生冲突，你才能更好地解决冲突。不然就像大马虎给

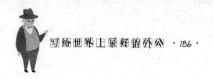

小马虎看病，明明小马虎是肩关节脱臼，但大马虎却给开了风湿药膏，其实只要几个专业的动作就能帮小马虎复位。艾么，我希望你跟爸爸的关系能够重新"复位"，而不只是用药膏随便抹抹。我觉得你们一定会处理好的。

抱抱你。

你的外公

12 月 18 日　星期五

世界上最最好的外公：

　　你在妈妈那儿简直创造了奇迹，我们之间已经完全和好了。我还给她读了你信里对我和爸爸的评价，希望你不会介意。妈妈说她早就知道这些，但是其实外公也没有办法，因为外公太强大了，没有哪个女婿能跟他较量。

　　我不知道是妈妈给爸爸做了工作，还是爸爸自己想通了，总之他现在也跟我说一些话，我们的关系一天比一天好。他昨天跟我说的话比前天多了一倍，今天又比昨天多了一倍。爸爸今天甚至问我要不要继续跟他下棋，我当然马上说要。而且，我不想让我和爸爸之间的关系修复只是

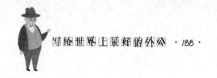

像抹药膏一样，所以今天午饭后，我问爸爸有没有时间谈谈。

爸爸说有时间。我跟他去了他的房间，然后把整个事情的经过从我的角度讲述了一遍：从安纳唐声称要自杀到我如何想阻止他自杀，然后就是我的尴尬，怎么也走不出思凡那个倒霉的计划。爸爸没有打断我，静静地等我讲完后，只说了一句："就这样吧，我们忘了这件事！"但我觉得爸爸不会忘掉这件事的，别人也不能这样要求他，我更不能。

蠢事已经发生了，对爸爸也还有相当的影响。

我其实可以忍受爸爸因为这个错误责怪我。但是他从此鄙视我，不再爱我，这让我完全无法忍受。虽然爸爸自己可能不信，但是我其实非常非常爱他，当然这跟对外公的感情不一样。虽然外公住得很远，而爸爸就在我身边，但我跟爸爸之间的关系没有跟外公的那么近。不知道为什么我总有一种感觉，爸爸周围像有一圈看不见的篱笆。也可能

他并不想要这样一层隔阂，正等着我钻一个洞自己爬过去？

外公，再过五天就是圣诞假期了，我们放假第一天就去你那儿。我已经很期待见到你了。我从鼻尖到脚尖，浑身都因为这种喜悦而觉得痒痒的。外公，你先替我想想，怎样才能在看不见的篱笆上钻几个大洞？你肯定有办法的！

今天以一个轻轻的淡淡的吻跟你告别。

你的艾么

另：剩下的九十九万九千九百九十九个吻，五天后我一定当面补上。因为我要在你那儿待整整两个礼拜，这样平均一天七万一千四百二十八点五个吻，一个小时两千九百七十六点一个，然后每分钟四十九点六次，几乎一秒一个吻。我一定能轻松做到！